彼女の運命
わたしの使命

井清睦代
ISEI CHIKAYO

幻冬舎 MC

彼女の運命　わたしの使命

目次

はじめに

30年前、私たちは地方都市の三重県津市の市営団地に住み、慎ましく暮らしていました。学生の時に授かり婚をしたので、まだ若く、お互いを名前で呼び合う友達夫婦でした。息子はちょうど私たちの卒業の頃に生まれました。３８００グラムと大きく生まれたので、このまま元気で大きく、心も大きく育って欲しいと、大介と名付けました。

授かり婚だからすぐ別れる。とか若い母親だからちゃんとしつけが出来ない。とか偏見の目で見られるのが嫌だったので、私は結婚生活も育児も頑張りました。ケンカをしたら仲直りするように努力したし、風邪をひいても親を頼らなかったし、大ちゃんは布おむつで育てたし、なるべく厳しくしつけもしました。

それでも、大ちゃんは拗ねることなく素直に育ち、いつか大きな遊園地に行きたいね、と夢を抱く、ごく普通の家族でした。

大ちゃんが3歳の時に妊娠が分かり、4歳の誕生日の前日、1日違いで絢音が生まれました。桜の咲く頃に、私たちは4人家族になりました。

第1章

絢音誕生

絢音誕生

その時私は、天使が舞い降りたのを見ました。

平成8年3月27日、午後9時10分、絢音誕生。その瞬間、絢音に後光が差して見えたのです。大げさじゃなく、冗談でもなく、本当に天使だ！　と思いました。

だから私は「私の子じゃない。神様の子だ。

神様が私に育てなさいって託してくれたのだ。

大事に育てなくっちゃ」と本気で思ったのでした。


絢音は、『ファロー四徴症』という、心臓に4つの疾患を合わせ持つ病気を抱えて生まれてきました。でもこの病気は、先天性心疾患の中では比較的多い病気で、治療法が確立していたので、根治手術が済めば、マラソンみたいな激しい運動は無理だけど、学校の駆けっこぐらいなら大丈夫、というものでした。だから安心していました。

そうなれるものと信じて、幾度もの手術に耐え、発達の遅れには〝いつか追いつける〟と気にしないよう、努めてきました。

でも３歳の頃、脳にも疾患があり、知的発達は望めない、と分かりました。いつまでも２歳児の絢音。お父さんとお母さんの区別もつかず、おじいちゃんとおばあちゃんの区別もつかず、１つ言葉を覚えると、１つ言葉を忘れる、といった具合でした。やりきれない思いもあったけど、絢音は可愛い盛りです。

私たちは病気や障害に臆することなく、絢音と向き合おうと思いました。発想を変えて、こんなにも長い間、可愛い盛りの子育てを堪能できる、と、楽しむことにしました。

予想外だったのは、５歳で『拡張型心筋症』という難病を発病したことでした。心臓移植をしなければ、あと半年も生きられない、という病気です。

これから絢音の未来が開けると希望を抱いていた時期に、その命に期限があると宣告されてしまったのです。

当時は、これからどうなるのかなんてことは考えられなくて、今を生きることで精一杯でした。

今思い返してみれば、命に期限のあることは、私たちにとって、必ずしも不幸なことではありませんでした。

私たちは毎日を大切に過ごそうと努力しました。絢音も、私たちも、精一杯『今を生きた』と確信しています。

離ればなれ

生後2日目の、お昼の授乳後から母子同室となるはずでした。ところが、お昼の授乳後すぐに母乳を吐いてしまい、昨日も嘔吐があったので、NICUのある大きな病院で様子を見てもらうという話になりました。赤ちゃんを抱っこしたのはたったの数回、まだちょっとしか会っていないのに、午後3時頃、「チアノーゼが少し見られるので、念のために検査をしてもらおうと思います」とドクターから説明があり、赤ちゃんは近くの国立病院へと転院して行きました。

生まれてすぐに、〝容態が悪い〟、とか〝手当てが必要〟とかで転院した訳ではないので、〝念のための検査〟は大したことないと思っていました。「なぁんだ、母子同室で今頃は赤ちゃんの寝顔を幸せな気分で眺めていたはずなのになぁ。残念だなぁ」

そんな気分でゆったりと流れる午後の一刻を過ごしていました。

午後６時頃、「先生から話は聞いたよ」と言って主人が部屋に入ってきました。

そしてベッドの脇に座ると、私の手を握り、一呼吸おいて「大事な話がある」と言いました。

赤ちゃんは『ファロー四徴症』という先天性心臓病である可能性が高いこと、それでもっと詳しい検査をしてもらうために今から奈良県の専門病院に転院するということ、主人も今からその病院に行ってくるということなどを、私を動揺させまいと、ゆっくり丁寧に冷静に話してくれました。

私も動揺すまいと、〝大丈夫〟と自分に言い聞かせてしっかりと説明を聞きました。

実際、短大で医療の勉強をした私は、ファロー四徴症がよくある病気だと知っていたので、そんなに凄いショックは受けませんでした。赤ちゃんは必ずしも健康で生まれてくる訳ではないと頭の片隅に置いておいたので、〝なんで私の赤ちゃんが……〟、というショックはなかったけれど、赤ちゃんに会えない寂しさと、全く未知の入院・手術は大変なんだろうなぁと、漠然とした不安を覚えました。

入院のためにすぐに出生届を出して保険証を作らなければならないということでした。私はその後、赤ちゃんの病気のことは考えないようにして、赤ちゃんの名前を夜遅くまで考えました。すっかり男の子だと思い込んでいたので、この作業はとても大変でした。

桜の咲く頃生まれたので、さくらちゃん。春に生まれたので、はるかちゃん。漢字にしてみたらどんな感じだろうとかいろいろ考えて、結局、心臓病で運動が出来ないだろうから、音楽に興味を持ってもらえればいいなぁと思って、〝音をつむぐ〟の意味で『井清絢音（あやね）』に決めました。

次の日、主人に報告すると、「うん、良いんじゃない？」との即答で、すぐに出生届を出しに行きました。

私は問題なく1週間で退院し、その次の日に主人と一緒に奈良県の病院にいる絢音に会いに行きました。

横を大型トラックがびゅんびゅん走り、舗装状態の悪い西名阪道を、不安な思いで1時間ほど走ると、急に目の前が開け、眼下に盆地が現れました。急カーブの続く坂を下りると、そこが奈良県天理市でした。四方を山に囲まれ、そこだけに太陽の光が降り注いで見えるこの場所に、聖地として天理教があるのも、なるほどと頷けるような、一種独特な雰囲気の街でした。

天理よろづ相談所病院。築年数は古いように見受けられましたが、床はピカピカに磨きあげられ、とてもきれいにしてありました。

循環器病棟は6階に、そしてその隣にICUがありました。絢音はICUに入院していました。生まれたばかりのあんな細い腕に点滴がしてあるのを初めて見ました。胸には心電図モニターがつけられ、他にもいろいろ、抱っこするのが怖いと思うほど、衝撃的な光景でした。

黒い屋根

数々の入院生活の中で、やっぱり一番つらかったのは、生まれてすぐの天理での初めての入院でしょうか。

誰も知り合いのいない土地で、私は頼る相手もなくて、不安は全部自分で抱えて、絢音を守らなければなりませんでした。

入院病棟は小児病棟ではなく、循環器病棟でした。循環器の病気の子供たちだけが入れる子供部屋が1つあったのですが、でもその時は満員だったので、大人の方々と同室になりました。

深夜のミルクやおむつ交換など、音を立てないようにと、とても気を使いました。

私の食事は3食とも弁当。絢音が眠った隙を見て、売店や近くのコンビニに買いに走りました。検査が立て込んでいたり、絢音がぐずっていたりしたら、弁当を買いに行く時間もなく、食事抜きなんてこともしばしば……私のお風呂に至っては、もっと散々なことでした。出産直後は〝清潔が大事〟なので、病院側も配慮してくださり、産婦人科でシャワーを借りることが出来ましたが、その後は、まだ病院内に付き添いの人用のお風呂がない時代だったので、外の銭湯まで入りに行かなければなりませんでした。どれだけ早くしても、1時間はかかってしまいます。だから、絢音の眠った隙に……というのが出来なくて、1週間に1度、主人が面会に来て付き添いを交代してくれた時だけしかお風呂に入れませんでした。

1週間に1度しか会えない主人と大ちゃん。

1週間に1度しか自由になれない環境。

毎日毎日、窓の外を眺めていました。

高い建物があまりなく、どこまでも黒い屋根の住宅が続いていました。晴れた日には太陽の光が反射して、キラキラと波のようにとてもきれいに見えるんだけど、曇りや雨の日は、どんよりとして、黒い屋根が私の孤独感を一層深めているような気がしました。

大ちゃんが初めて私と離れて、赤ちゃん返りし始めたとか、高額な医療費の心配など、どれもすぐには解決出来ない問題を抱えて、私は天理でひとり、とてもつらい時を過ごしました。

〝逃げたい、抜け出したい〟そう思ってばかりでした。絢音を抱いて、この窓から飛び降りられないかな？　とずっと考えていました。

何も、自殺を考えていた訳ではありません。

絢音を抱いて、あの黒い屋根の上をぴょんぴょんと跳ねて、ずっとずっと先へ……そうしたら、新しい世界が開けるんじゃないかって、現実逃避したくなるほど、私は孤独でした。

血に染まるクーハン

生後１ヶ月ぐらいから、腕や足がカサカサになり、その後皮膚が剥がれ落ちる、という状態になり始めました。それはどんどん酷くなって、全身に広がっていきました。

血液検査で卵や牛乳など様々なものにアレルギー反応があると分かり、アトピー性皮膚炎と診断されました。実際にアトピー性皮膚炎ではあるけれど、現時点では、栄養不足により表皮が作られない状態だ、とのことでした。それは先天性心臓病のすべての赤ちゃんに当てはまることではなく、絢音特有のものでした。

ぷくぷくとした身体だけではなく、瑞々しいつやつやの肌さえも、私たちは手に入れることが出来なかったのです。とてもショックでした。


絢音のために新しく購入したピンクの布団のクーハンに、剥がれ落ちた皮膚が無数に散らばり、ひっくり返すと〝ザァー〟と音を立てて落ちました。やけどして表皮がめくれてしまったような肌。次から次へと血がにじみ出てきます。保護のために、ワセリンなどの塗り薬を何種類も塗り重ねます。塗りたての肌はとてもべとついているのに、１時間も経つと、すぐに乾燥してかゆくなり、手足をクーハンに擦りつけて掻いています。絢音はかゆみのせいか熟睡も出来ず、１歳になるまでは一日中ぐずぐずして、笑うことがありませんでした。

私は、かゆくならないように薬を欠かさず塗りました。肌を掻かないように、手を取って歌を歌ったり、話しかけたりしてあやしました。

いつになったらつやつやの肌になってくれるのか、いつになったら笑ってくれるのか、先の見えない、つらく長い時間でした。

他の事で手が離せない時間が長くなると、絢音がぎゃあぎゃあと泣き出します。身体がかゆくて機嫌が悪いのです。絢音の寝ていた布団やクーハンが血に染まっています。


何度、あのクーハンをたわしで洗ったかしれません。哀しくて、つらくて、いつも涙が出てきました。2歳頃まで使っていたので、ボロボロになりました。赤ちゃんの産着を洗うのは、とても幸せな気分になる楽しい作業です。でも血だらけのクーハンを洗うのは、心にナイフを突き立てられたような、心の痛い作業でした。つらくて涙が出てきちゃうので、「絢音～、クーハンがこんな血だらけになるなんて、絢音ぐらいだぞ！」とあえて明るく、大きな声で話しながら、自分の心を奮い立たせていました。

生後６ヶ月の頃には髪がすべて抜け、坊主になりました。１歳を過ぎてうっすらと髪が生え始めた頃、身体のほうも落ち着いてきて、夜もだいぶ眠れるようになり、私はとても安心しました。１歳を過ぎた頃は何につけても絢音に成長が見られ、私の努力が報われた時でした。

ねぇ、笑って

何でもいいから、成長してる実感が欲しかった。

体重はいつまで経っても４０００グラムを超えないし、手や足はだらんとしているし、首もまだすわっていないし、〝きゃっきゃっ〟と笑うなんて夢のまた夢。いつまで経っても新生児。

何をどうしたら絢音のためになるのか……全く先の見えない毎日に、一生懸命自分の心を奮い立たせるのだけれど、疲れてしまうことも度々ありました。

話しかけてもあやしても、笑ってくれない絢音。手を握っても、握り返してくれない絢音。

つらい時、悲しい時、逃げ出したくなる時、私を救ってくれたのは、主人と、大ちゃん、そして絢音自身でした。

ある時、主人に聞いたんです。

「ねぇ、私たちって幸せかなぁ？」

主人はすかさず、「当たり前じゃん」と冗談ぽく、明るく答えました。

「そうだよね。幸せだよね」

夫がいて、私がいて、大ちゃんがいる。みんなに守られて絢音がいる。それだけで充分だよね。自分にそう言い聞かせている節もありましたが、無理にでも、明るく強気な発言をしてくれた夫にどれだけ助けられたか分かりません。

大ちゃんは絢音のことをよく気にかけてくれました。絢音中心の生活になってしまって、我慢を強いられることも多かったのに、ミルクやおむつ替えなどよく手伝ってくれ、話しかけもよくしてくれました。大ちゃんの優しさに、私もずい分癒されました。

長い間、私たちの気をもませた絢音ですが、１歳の誕生日を迎える頃から、〝やっと生まれたことに気づいたの？〟というぐらいの成長を見せ、私にご褒美をたくさんくれました。首がしっかりしてきたなぁと思っていたら、あっという間に寝返りをして、「えへっ」というような可愛らしい笑顔を私たちに向けてくれました。

絢音の笑顔に希望を感じました。

第2章

青春時代、どんぐり学園での日々

どんぐり学園

絢音が1歳半過ぎに受けた手術の後、主治医の先生から春に国立N大学附属病院に異動すると告げられました。名古屋近郊に私の実家がありました。春からは大ちゃんが小学生になります。

三重県には主人の実家がありますが、そこから県外の天理市に通院するよりも、名古屋近郊から名古屋に通院する方が負担が軽いです。

ちょうど良い機会なので、私たちも主治医について、引っ越すことを決めました。名古屋近郊にある私の実家近くに引っ越し、大ちゃんは私が通った小学校に入学しました。

絢音の身体的発達訓練は、前施設から紹介してもらった名古屋市の療育センターに通うことになりました。引っ越してまもなく、よちよち歩き出来るようになったため、歩けるようになる目標がほぼ達成され、大きなボールに乗るなどの訓練で、バランス感覚を養い、その後1年で通院を終了しました。
絢音の知的療育の方は、2歳頃から始めよう、と主治医と話していました。2歳になってすぐ引っ越したので、引っ越し先で探すことになりました。市役所で相談すると、【どんぐり学園】という施設が、引っ越し先の近くにあるとのことでした。

ここは就学前や就園前の子供たちを対象とした療育施設です。身体にハンディのある子のために、運動訓練も行っていたりしますが、あまり本格的なものではなく、発達を促す、という程度のものでした。主体の知的療育も、訓練というものではなく、集団生活に慣れさせるとか、子供が安心して外の世界に入っていけるよう、社会の最小単位である家族や母子の関係構築を密なものにしよう、というような目的で、保育園と同じような療育を行っているのでした。ですから相当な訓練を必要とする重度の子供たちは、春日井市の身障者コロニーという、医師も常勤する本格的な訓練施設に通っているとのことでした。

我が家の場合、何より家から近いことから、負担にならず楽しく通えるのではないかと思い、このどんぐり学園に決めました。

まず最初に、お試し期間で半年間、1週間に1度通園しました。これは、先生方が絢音の発達度合いを見極め、どういう療育をしていくか判断するための準備期間なんだと思いますが、早く成長して欲しくてたまらない私は、週に1度では物足らず、とても歯がゆい思いをした半年間でした。

同じようにお試し期間の子が2〜3人いて、先生を前に並んで椅子に座ります。私たち母親はその横や後ろで、手を添えるなどの介添えをしたり、ただ単に一緒に歌ったりして楽しみます。手遊びをしたり、名前を呼ばれた子が前に出たり、ごく簡単な療育です。

絢音は椅子からすぐに立ち上がったり、自分の番でなくても前に出ていったり。それでも2ヶ月も経つと、自分の名前を覚えて返事が出来るようになりました。10回にも満たない通園で、絢音が可愛らしく「はい」と返事をすることが出来るようになったんです。〝もっともっと〟って思いますよね。私は切実に発達を望んでいましたから、物足らなかったけれど、このお試し期間で子供との接し方のコツを覚えて、どんぐり学園に入園することなく終了していく子もいます。

1月、2歳9ヶ月の時から正式入園しました。絢音と同い年の女の子と一緒でした。

どんぐり学園は定員20人の小規模な園です。少人数の時には、発達の程度にかかわらず1クラスでのんびりとやっていきます。大人数の時には、年齢や体力に応じて2クラスに分かれます。絢音は体力はないけれど、一応歩けるので、いつも年長さんクラスに在籍していました。

そうして療育が始まったのですが、大変だったのはお弁当が必要だったことです。母子通園施設ですから、私の分と絢音の分と2人分が必要です。これにはすぐ参ってしまいました。料理の苦手な私が毎日お弁当なんて……週に1度の通園に戻してもらおうかと思うほど。〝レンジでチン〞を多用してなんとか頑張りました。最初の2年は週3日。

後の2年は週4日通園しました。朝10時から午後3時まで。

絢音は今日・明日という日付の概念が分からないので、〝明日を心待ちにする〞ことはなかったけれど、どんぐり学園に通うのをすごく楽しみにしていて、行きたくないとぐずることなどなく、門のところまでくると、調子の良い日には、下駄箱の前で待っている先生のところまで走って行って、おはようと挨拶していました。

職員室と教室が2つ、それと小ホールがあるだけの小さな学園ですが、園庭には季節の花々がきれいに咲き、小さな野菜畑もありました。春、サツマイモの苗を植えるところからはじまり、夏にはプチトマトやスイカが採れ、秋にはイモ掘りを楽しんだ後、スイートポテトを作って食べたりもしました。

また、3メートル四方ぐらいの小ぶりなプールもあり、夏は毎日入って涼んでいました。

大きな保育園では、プールに入っても動き回れないほど大人数だったり、入れる日が決められていたりの制限があるけれど、どんぐりさんは少人数なので融通が利いて、晴れていれば毎日入れたし、午前と午後で2回入ることもあったし、体温調節のうまくいかない絢音にとっては、ありがたいことでもあり、一番楽しいことのひとつでした。

面倒に思うことはたくさんあったけれど、振り返ってみれば、絢音は人生の大半をここで過ごした訳で、どんぐり学園は楽しいところという思いが、深く心の中に刻み込まれていると思うのです。本当に良い出会い、良い思い出がたくさん出来ました。

〝どんぐり学園は絢音の青春〟そのものでした。

目からウロコ

どんぐり学園での生活に慣れた頃、午前中のみの療育から、午後1時までの療育となり、お昼寝が始まりました。ちょうど3歳の誕生日を迎えた時でした。

それで、何が『目からウロコ』っていうほど突拍子もなく驚きだったかというと、それはお昼寝についてです。

どんぐりでは、午後1時から一緒に添い寝して寝かしつけ、子供が寝たら、あとは保育士さんに任せて、お母さんは別室で休憩するシステムになっていました。私も早くそこへ行って、お母さんたちとおしゃべりがしたい！と思っているのに、絢音がなかなか寝てくれません。今まで時間を決めてお昼寝をさせる習慣をつけていなかったのだから、仕方ないなぁと諦めて、気長に待つことにしました。

1ヶ月が経ちました。まだ寝てくれません。

3ヶ月が経ちました。まだ寝てくれません。

〝なんで寝ないの？〟と苛立ち始めました。

添い寝をして教室に残っているお母さんは、私ひとりになりました。怒り、あきれ、悲しくなって涙する日もありました。


園を休んで予約受診したある日、脳波の検査がありました。眠り薬を飲んで入眠したら、検査室に行くようになっていました。

30分経っても、1時間経っても入眠しません。絢音はもともと、あんまり寝ない子で、赤ちゃんの頃から、寝ないせいで検査が延期になることが度々ありました。だからこの日も、またか、と思っていました。

さらに眠り薬が追加されて、最大量を摂取した後、さすがに絢音も眠たそうな眼になってきました。私はラストスパートとばかりに、背中をとんとんしたり、頭をなでたり、子守唄を歌ったりして入眠の手助けをしました。眼がぐるぐる回っているのに、うとうとしているのに、やっぱり寝てくれません。

ぐずぐず言って怒っちゃって、どうも、寝られないから怒っているんじゃなくって、寝かせるな！と怒っているようなのです。

〝？……〟

最初の薬を飲んでから2時間以上が過ぎた時、私はふと、ある思いにたどり着きました。

絢音はどんなに眠くても、〝寝たくない〟のだ。どうして寝たくないのだろう？と考えあぐねた末に、ひらめいた答えは……『目からウロコ』の事実でした。「寝なさい」と言って寝かされた後に、いつも待っているのは検査や手術だったのです。

寝るのがこわかったんだね。

なんで今まで気付かなかったんだろう。こんなに近くにいたのに、一番長くそばにいたのに。

ごめんね、絢音。気付いてあげられなくて。

そっかー、こわかったんだね。絢音だって、本当は眠たくて寝たかったよね。でも安心して寝られなかったんだね。ごめんね、これからは気を付けるよ、ごめんね。

その日は検査を諦めて帰りました。家に帰ってからぐっすりと眠る絢音を、ぎゅっと抱きしめたい気分でした。

それからお昼寝の時には、〝大丈夫、こわくないよ。寝てもいいんだよ。安心して寝ていいよ〟という思いで絢音と接するようにしました。期待どおり、程なくしてお昼寝が出来るようになりました。お昼寝が始まってから、半年以上も経っていました。長くかかったものです。

もしかして（知能の遅れ発覚）

首がすわる	1歳2ヶ月
寝返りが出来る	1歳4～5ヶ月
お座りする	1歳7～8ヶ月
つかまり立ち	1歳9ヶ月
5～6歩歩く	2歳2ヶ月
よちよち歩き	2歳4ヶ月

絢音の成長はとてもゆっくりで、でも先天性心臓病ですから、仕方ないと納得していました。生まれた直後から、いわゆる赤ちゃん反射というのがなく、麻痺があるんじゃないかと不安に思ったことがあります。1歳近くまでガラガラを握れませんでした。何度もつかませるのですが、すぐに指がだらんと離れてしまいます。

引っ越しのために、1年半通った発達訓練の先生にご挨拶すると、「いやぁ、実は僕たちも絢音ちゃんが歩けるようになるのか、自信がなかったんですよ。お母さんに大丈夫と言ったものの、心配でしたね。でもここまでくれば大丈夫、もうすぐ歩けるようになりますよ」って言われて、拍子抜けしたのを覚えています。「え〜そうだったの？」「なぁ〜んだ！」

2歳の誕生日の後すぐに引っ越しをして、荷物の片付けで忙しく、絢音をあまりかまってあげられずにいたら、いつの間にか、よちよち歩き出来るようになっていました。

そんなこともありながら少しずつ成長し、3歳の時には2歳児ぐらいの身体的発達がありました。知能の発達のほうは……あれ？　あれれ⁇

発達が遅れているのは分かっていたけれど、〝いつか追いつける〟と思っていたから、あせってはいなかった。あれ？でも、２歳から知的療育を始めて、１年経ったのに。

２歳の時、あー、うーだけだったのが、自分の名前を覚えて返事が出来るようになったのに。それでも、身体的発達と並べたら、２歳児と同じくらい沢山おしゃべり出来てもいいはず……。

なんで「はい」と「バイバイ」しか言えないんだろう。明らかに、２歳児の知的発達より劣っていた。いつか追いつけると思って頑張ってきたのに、追いつくどころか、遅れの幅が広がってきている。いつか本当に追いつけるのかなぁ？

認めたくない。認めたくないけど。

もしかして、やっぱり、きっと、追いつくことは出来ないのかな？

身体の発達のほうは心臓病だから仕方ない、と考えられても、知能の遅れは何が原因なんだろう？　脳の病気を併発しているの？

原因が知りたい、病名が知りたい。

脳の詳しい検査、染色体の検査、その他いろいろなところを調べてもらって、出た結論は、原因不明の知能の遅れ。病名はつきませんでした。

病名が分かれば、その病気のことを調べて、対応の仕方が分かるかもしれない。適切な対応をすれば、発達しやすくなるだろう、という望みが絶たれた。

原因が分からない、病名もつかない、なのに確実に知能が遅れている。

この先どう成長するのだろう?

私たちに何が出来るのだろう?

先が見えないことや、何をしてあげればいいのか分からないことに、不安を覚えつつも、絢音の一生を背負って行かなければと覚悟をし、心臓病とは別に、知能の遅れという現実を受け入れなければなりませんでした。

底無しの泥沼に足を踏み入れてしまったような気持ち。前に進みたくて踏み出したいんだけど、足が重くて進めない。あがいて、もがいて、それでも進めない。それどころか、どんどん沈んでゆく……

ちょうどこの時期は、お昼寝もしてくれない、おしっこも成功しない、ないない尽くしだったから、〝もうはい上がれないんじゃないか〟と思うぐらい精神的につらかった。

あやねは絢音

病気を抱えて生まれてきたと分かって、全身全霊で守りぬくと誓った。

病気というハンディを抱えてしまった彼女の人生、それが運命ならば、私はその運命を一緒に背負って行く。それが私の使命。そう思って育ててきた。壊れそうな大事な宝物。人一倍気を使って、手をかけて、大事に大事に慈しんで育ててきた。手をまぁるく丸めて、優しく受け止めてあげないと、壊れてしまう。はかなげで、危うくて、シャボン玉のよう。

でも光が反射して、キラキラと虹色に輝いている。絢音の人生もそうであって欲しかった。「絢音ちゃんの笑顔はいいね」って誰もが言うように、絢音の笑顔は輝いていた。

うらやましいぐらいまぶしく輝いていたのに……3歳を過ぎて、知能の遅れが確定的なものになってしまった。それからの私は、絢音の笑顔を見るのが心苦しくなってしまった。

どうして笑うの？　絢音は世間の常識から見れば、普通じゃない、正常じゃないって思われてるんだよ。かわいそうと思われているんだよ。どうして何の疑いもなく私を信じるの？　私は絢音を真正面から受け止められずにいるんだよ。どうして笑うの？

絢音が3歳半を過ぎた10月だったと思います。運動会に向けて、駆けっこやお遊戯の練習にいそしむ、少し気分の高揚した慌ただしい毎日の中の、何気ない1日だったと思います。運動会の練習を抜けて、絢音をトイレに連れて行った時のことです。いつものように、絢音を便座に座らせて、私がその前に向かい合って、「おしっこしー」とやっていると、1人の先生が「絢ちゃん、どう？」って様子を見にきてくれました。「だめですー」と返事をしたら、先生は、「いいよ、いいよ、大丈夫。お母さん頑張ってるもん。お母さん、本当によく頑張ったね。絢ちゃん落ち着けるようになったし、運動会のお遊戯もうまく出来るようになったし。お母さんが絢ちゃんと根気よく付き合って、ずっと頑張ってきたからだよ。もうちょっとで出来るようになるよ」と、なぐさめの言葉をかけてくれました。

私はこの時、この声かけがあんなに大きな意味を持つとは思ってもみませんでした。よくあるなぐさめの言葉で、でも絢音のおしっこが成功しなかったのは事実で、今日もまた私の努力が実を結ばなかった、と思い、この先生の言葉を聞き流していました。

夜ごはんを食べ終わった後、トイレトレーニングをしていると、後ろを主人が通りかかったので、「今日、先生に褒められたよ。絢ちゃん、ずい分成長したね。お母さん頑張ってるね、って言われたよ」と話しかけました。主人が関心なさそうに、「ふうん」と言って通り過ぎようとしたので、私は引き留めようと、なおも言葉を続けました。

「だってさぁ、麻痺があると思ってたんだよ。歩くどころか、首もすわらなかったのに、もう走れるようになったんだよ。私はさぁ、毎日どんぐり学園に遊びに行ってる訳じゃないんだよ。毎日、毎日、絢音と付き合ってさ、頑張ってきたからだよ」って話していたら、脳裏に赤ちゃんの頃から少しずつ成長してきた絢音の姿が浮かんで、自分でも感動してきて涙が出てきました。

私は主人にも褒めてもらいたかった。

私の努力を認めて欲しかった。

あぁ、でもそれよりも、私は自分自身で〝私の今までの努力〟を認めてあげよう。私の努力は無意味なものじゃない。自分自身でちゃんとそう認めてあげよう。そして何より、絢音を認めてあげよう。そう思いました。

よく成長したなぁ。「絢音」と呼びかければ、「にぃ～」って笑って答えてくれる。「おいで」と言えば、両手を広げて私の胸に飛び込んできてくれる。すごくすごく成長したじゃん。「よーい、ドン」ができるんだよ。立つことも歩くこともできないんじゃないかと思っていたのに、走れるんだよ。もう充分だよね。充分すぎるよね。絢音ちゃんすごいね。絢音、偉いよ。

絢音がどれだけ満面の笑みを私に向けてくれても、何かができたよ！と私に褒めてもらおうと甘えてきても、「それはできて当たり前」と思えて、今、目の前にいる絢音を正当に評価してあげられなかった。笑顔で答えてあげることが出来なかった。絢音を認めてあげることが出来なかった。

毎日は楽しかったし、絢音は可愛かったし、大切な存在であることに変わりはなかったけれど、可愛く思えない時もあった。

発達が遅れていても、知能が低くても、どれだけ成長しても・しなくても、『あやねは絢音』だよね。ちゃんと成長してるよ、大丈夫だよ。私の努力は報われているよ。自分を褒めてあげたら、なんだか、すっと肩の力が抜けた感じがした。遠くの目標ばかり見ていたから、今、この成長に気付いてあげられなかったね。自分でも、ここから早く抜け出したいと思っていた。絢音を受け入れてあげられないことに罪悪感を抱いていた半年間だったけれど、先生の言葉がきっかけとなって、やっと抜け出せた。

自分の心に色をつけないで、まっさらな気持ちで絢音と向かい合ってみたら、絢音はいつも純真無垢な状態で、私を信じて胸に飛び込んできてくれた。このままの絢音でいい。

このままの絢音を愛そう。

なんだか、絢音のすべてが可愛く思え、愛しくてたまらない。こんなにも育児が楽しいなんて。あぁ、今までがもったいない。もっと育児を楽しめばよかった。

〝絢音ちゃんのお母さん〟って楽しい。

もっともっと〝絢音ちゃんのお母さん〟を楽しもう！

送辞

絢音が卒園する前年、私は在園児保護者代表として送辞を読みました。私は、それまでにかけてもらった言葉で、一番嬉しかった言葉を、他のお母さんとも共有したいと思い、送りました。

「小さいね、遅れてるね」と言われては傷つき、「かわいそうだね」と言われては傷つき、そして何よりも「大変だね」「頑張ってね」という励ましの言葉にさえ傷ついたものでした。

悪気はないと分かっていても、「大変だねぇ」と言われれば大変さが増し、それでも子育てを楽しもうとしているのに！と腹立たしく思いました。「頑張ってね」と言われれば、今でも充分に頑張っているのに、これ以上どうしようというの！と追い詰められたものでした。

皆さんも我が子の成長がゆっくりで、何度も何度も同じことの繰り返しの毎日に、時には疲れてしまうことがあったでしょう？

また、これから新しい環境になって、戸惑うこともあると思います。

でもきっと大丈夫。みんな分かっているから。いつも子供たちを褒めている私たちですが、たまには自分を褒めて、次への糧としてください。

「お母さん、１年間よく頑張りましたね」

この言葉を贈る言葉としたいと思います。

ひとり立ち（もっとも元気だった頃）

ずっと肺動脈の成長を待ってきたけれど、なかなか思うように成長してくれないので、５歳になる直前、いわば強制的に肺動脈を太くするべく、パッチを当てて拡張する、肺動脈拡張術を受けました。この手術は、私たちには画期的なものに思えました。肺動脈の自力成長を促すために、生後すぐから今までに４回もの大手術を行ってきたのに、それらのどの手術よりも術後経過がすばらしく良いのです。チアノーゼが消え、頬に赤みがさして、可愛いらしいピンク色をしているのです。

１ヶ月半の入院期間を経て、退院した時には、50メートルほど歩けるようになっていました。

どんぐり学園でお散歩する時には、公園までの行き帰りは乳母車に乗っていたのが、「乗らない！」と言い、みんなの後ろをとっとこ、とっとこ嬉しそうについて行きました。

50メートルくらい歩くと、疲れて座っちゃうけど、少し休憩すればまた歩き出し、全部で100メートルぐらいは歩けたかなぁ?
スーパーに行けば、自分でカートを押してお菓子売り場に行き、好きなお菓子やジュースを自分でカゴに入れるのを楽しみにしていました。

春に退院してから拡張型心筋症を発症する秋までの半年間が、病気で苦しむことも少なく、笑顔になれるようなことがたくさんあって、絢音にとって最も充実していた日々だったと思います。私もこの時期は、病気の存在を忘れさせてくれるぐらい絢音が元気で、もう無理かもと諦めていた根治手術が出来るかもしれないと期待してしまうほどでした。

絢音の言葉数も増えて、おしゃべりがたくさん出来るようになって、とても楽しく、充実した日々でした。

トイレトレーニング

今、トイレトレーニング真っ最中のお母さんたち、大丈夫ですよ。あせっても、マイペースでも、いずれはおむつ外れますから。

私は4年間もトイレトレーニングを頑張りましたよ！

トイレトレーニングを始めたのは2歳3ヶ月。初夏の頃でした。絢音はこの頃、身体的には1歳ぐらいの遅れがありましたから、普通に考えれば、1歳過ぎでトレーニングを始めるようなこと。どんぐり学園に通い始めて、先生の勧めで始めてはみたものの、私は無理だろう、早すぎるだろうと考えていました。

だから半分は「面倒だなぁ、仕方ないなぁ」と思いながら、少しだけ「今年中におむつがとれたらラッキー」って思っていました。

3歳になった頃、身体的発達は2歳ぐらいになっていました。これからが本腰を入れてトレーニングする時期です。

絢音は体温調節がうまく出来なくて、普通にしていても、夏だと38度、冬だと35度になってしまいます。夏は熱がこもらないようにいつも冷房を効かせていますから、真夏でも下半身を冷やさないようズボンが欠かせません。もちろん冬も保温のために毎日ズボンです。トレーニングのため、夏冬ともにズボンを10本ぐらいずつ用意しました。濡れてもいいようにたくさん用意する。濡れたらすぐに着替えさせる。頻繁にトイレに誘って気持ちに余裕がなくなるより、失敗してもいいやってぐらいの気持ちのほうが親も子も楽だから、その方法が一番だと思って頑張りました。

この2年、何回トイレに連れて行ったか知れやしない。トイレの直前でジャー。諦めてトイレから出た後でジャー。何度やられたことか。もちろん、腹が立つことなんてしょっちゅう！我ながら良く頑張ったと思う。どこで粗相しようとも、「わぁー絢ちゃん、おしっこ出たねぇ、よかったねえ、いいねぇ」って声掛けをして根気よく付き合ったと思う。このトイレトレーニングの2年間で、絢音はおしっこの出る感覚とか、出そうな感じとかが掴めたんじゃないかなぁ？

トレーニング3年目、4歳頃からは本気です。いくら発達が遅れていても、3歳くらいの身体的発達がありましたから、もうそろそろ成功しても良さそうなものです。でも、まだ1回もトイレで成功したことがありません。さすがにちょっとあせり出しました。

1回だけ、私大泣きしたことがあります。家ではなく、どんぐり学園の中でです。絢音が「おしっこ」と言ったから連れて行ったのに、全然してくれなくて、「もういいよ！」って腹を立てながら便座から降ろしたら、〝ジャー〟です。「まったくもう～」って言いながら着替えさせていたら、なんだか自分がむなしくなって、涙がポロポロこぼれてきました。そうしたら今まで我慢していたのがこみ上げてきて、絢音をしかるとか諭すとかじゃなくて、ただ私の思いをぶつけて、「何でトイレでおしっこしないの？おしっこしたいんでしょう？いつもいつもトイレから出た後で漏らす。お母さん頑張ってるじゃん。何でトイレでおしっこしてくれないの？　わざとやってるの？」って、叫びながら大泣きしました。

その場にいたお母さんたちが、「井清さんがあんなふうに泣くなんて……」と絶句していました。私自身もびっくりしました。

4歳半を過ぎた秋口、これから冬になると寒くてトイレに行くのが億劫になってきますから、最後のチャンスとばかり、集中的にトレーニングを頑張りました。この時ばかりは多少キリキリしながら頻繁にトイレに誘い、トイレで30分粘る日もありました。お昼寝の時のように、「大丈夫、ここでおしっこシーするの。大丈夫、していいよ。はい、おしっこシ〜〜」って何度も何度も声かけして暗示をかけ、やっと10月、おしっこがトイレで出来るようになりました。実にトレーニングを始めてから3年半、やっと成功しました。

トレーニング4年目の5歳頃は、トイレでおしっこをするのが面白くてたまらない！といった感じで、みるみるうちに成功率がアップしていきました。

トレーニング5年目の6歳、誕生日を迎えたそのすぐ後、容態が悪化しましたので、トイレトレーニングは中止しました。パンツやズボンを脱がせる間、立っていることすら出来ません。これで完全に終了です。

丸4年、トイレトレーニングを頑張りました。

第3章

たいせつな毎日

平成13年秋、絢音5歳

９月上旬は忙しかったのです。循環器科受診や小児科受診があり、交流保育があり、単独通園があり、小学校との就学に向けた話し合いがあり……。

疲れが出たのか中旬から風邪をひいてしまいました。熱も下がって、下旬には通園したのですが、「だっこ、だっこ」ばかりの、本調子じゃない日々が続いていました。10月に入ると、「いやいや」が増え、食欲が落ちてきました。学園をたくさん休みました。

熱はないけれど、なんだか調子が悪いのです。調子が悪いのか、ただの甘えなのか、分からなくて先生に相談をしました。10月と11月の循環器科受診の時には、ドクターにも相談しました。でもこの時はレントゲン写真に異常は見られず、もう少し様子をみましょう、でした。

毎年秋には〝今冬は乗り越えられるだろうか〟と不安になります。今冬は寒さが厳しく、インフルエンザが猛威をふるうとの予報に、絢音の体調が思わしくないことも重なり、嫌な予感がしていました。

街には、七五三用の華やかなフォーマル服が並び、春の卒園・入学を彷彿させ、私の気持ちを急かせます。

この頃『拡張型心筋症』を発症したのではないかと思われますが、まだ確定診断はされておらず、私たちはファロー四徴症の根治手術がいずれ出来て元気になる、との希望を抱きつつ、冬がやってくる不安を心の片隅に抱いているという状態でした。

だから、いずれ元気になって自分でランドセルを背負うようになる、との前提で、絢音の体格に合わせて、小さめのランドセルをオーダーしようと考えていました。大きなスーパーから個人商店まで、オーダーランドセルについて相談していましたが、病院通いで忙しかったりして、なかなか話が進みません。不安が募り気があせった私は、市販の入学用品を早々に購入しました。

転んだりしたらすぐ助けてもらえるよう、遠くからでも目立つ少し変わった色の軽量ランドセルが欲しかったのです。オーダーは出来ませんでしたが、ピンクとも少し違う、さくら色のランドセルを買いました。私たちの夢と希望を象徴するさくら色でした。

告知

平成13年12月2日、循環器科定期受診、国立N大学附属病院。レントゲンで、絢音の心臓が肥大していることが分かりました。チアノーゼが酷く、元気もないことから、入院することになりました。個室に入り、いろんな検査機器がやって来ました。入院用品を持って、夕方、主人が来院しました。そして夜9時頃、病室で先生から説明を受けました。

〝拡張型心筋症〟という病気を併発してしまったかもしれない。原因不明で予後が不良。

根本治療は心臓移植しか治療法がないこと。

日本では子供の心臓移植が認められていないため、海外で移植しなければならないこと。そうしなければ、心不全がどんどん進んでいくこと。今すぐにどうこうということはないけれど、覚悟をしておいてください、と告げられました。

この日から絢音の担当は外科から内科になりました。「今すぐに……」という言葉から、現実味がなく、私たちは「はぁ、そうですか〜」という感じで、よくニュースで見かける海外移植のために募金活動をしている、あの光景が脳裏に浮かびました。

ただ、主人はどうだったのか分かりませんが、私には、循環器内科になった、ということがとても大きな出来事でした。

おかしいと思われるかもしれませんが、この時、私は一番最初に〝ほっ〟としたのです。これでもう手術しなくて済むんだ（移植の場合はまた別ですが）。絢音にもう怖い思いをさせなくて済むんだ。もうたくさんの科に通うのはやめよう。絢音の嫌がることはもう何もしなくていいんだ。絢音の好きなように過ごさせてあげよう、って安心したのです。

発病したと思われる平成13年秋、多数の科に通い、たくさんの検査予約が入っていました。それらすべてを、もう投げ出しちゃおう！　それは肩の荷が下りたような、背中に羽でも生えたような、心が軽くなった気持ちでした。

元気になるためには手術が必要だ。仕方ないと認識し、早く根治手術をして欲しいと願っていたほどですから、〝これでもう手術しなくて済む〟と自分自身が感じたことに、少し驚きがありました。

本当は私自身も手術を怖いと感じていたんだね。手術をさせたくないと感じていた。でもその思いに気付かぬふりをして、〝手術をすれば元気になる〟と思い込ませていたんだね。

ねじ伏せていたその思いが、わぁーっと湧き上がってきて、私の心は震えました。安堵なのか、悲しみなのか、静かな涙がこぼれました。

生きた証

こわくて怖くてたまりませんでした。

今目の前で、呼吸が苦しいのに、心臓がドキドキするのに、それでも生きたくて、精一杯病気と闘っているのに、間もなく死がやってくるという。

もっともっと生きて、おいしいものをたくさん食べたい。もっともっと生きて、楽しいことをたくさん経験したいと絢音の目が訴えている。こんなにも輝いている瞳が閉じてしまうという。絢音の存在がなくなってしまうという。絢音の人生を否定されたようで、寂しかった。

何か、何か残さなくては……。

絢音が私たちの子供として生まれて、そして〝精一杯生きたという証〟が欲しかった。

絢音を象徴するものに興味をひかれた。桜の絵が欲しいと思ったし、絢音の一生を記した記念の額みたいなものも欲しいと思いました。

そんな中、ひょんなことから、絢音の生きた証となった大きな存在としてホームページ作成とテレビ取材があります（現在はホームページはありません）。

もともと、心臓移植、心肺同時移植についての情報を得たいとの思いで作成したホームページ。そして同じく、移植情報の協力を得たいとの思いで、テレビ局に送ったメールが縁で、テレビ取材が始まりました。

ホームページやテレビ放映を見て、たくさんの方から応援の声が届きました。たくさんの方に見守られていることで、安心感と勇気を私たちはいただきました。

本当は、生きた証など何か形を求めなくとも、〝絢音が精一杯に生きた〟という事実だけで良いのだと分かっています。でもやっぱり何か欲しい。絢音の生きた証は、私が母親として生きた証でもあります。

もっともっと……と欲張って、未だに絢音の姿を探し求めています。こうやって本を書いているのも、生きた証を示したいが故の行動です。

切なる願い

毎年冬は、風邪やインフルエンザにかからないよう、細心の注意を払っていました。免疫力の弱っている絢音には、そんなことでも命の危険があります。今では当たり前になった消毒液やマスク、私たちは20年前から愛用していました。

新しい病気の発覚で、茫然としていた私たちですが、お正月が明けて、心配が増してきました。一番聞きたかったのは、どんな治療になるのかで、最期を迎えるまでずっと点滴を外せないような状態ならば、卒園式や入学式に出席できなくなってしまいます。

もしそうならば、〝あきらめる〟という覚悟が必要です。

つい半年前までは、〝これから〟と思っていたのです。肺動脈拡張術を行って、元気になって、今までできなかったことがやっと〝これから〟できるようになる――。小学生にもなるし、これから絢音の未来が開けるって、期待に胸ふくらませていたんですから。

小学校に行けなくなるなんて考えたくもないことです。せめて入学式だけでも出席したい。点滴しながらでも出席したい。そう主治医に訴えました。

意外なことに、あっさり「大丈夫だと思いますよ」との返事でした。薬が効いて、安定しているので、3月までに点滴が外せるように努力していきましょう、とのことでした。私たちはとても嬉しく思い、いっそう普段の生活に気を付けなければ、と気を引き締めました。

切なる願い、叶うのかなぁ？

家では、新品のフォーマル服や靴が、ピカピカのランドセルが、絢音の帰りを待っていました。

卒園式

絢音の6歳の誕生日の前日、平成14年3月26日、どんぐり学園で卒園式がありました。

絢音の病状もまだ良好で、12月の入院以来順調に投薬量を減らしてくることが出来たので、無事に3月12日に退院し、卒園式に出席することが出来ました。その日はとっても麗《うら》らかで穏やかな日でした。卒園式用に用意しておいたワイン色のベルベットのワンピースでは暑いだろうと、急遽、入学式用の紺色の春ワンピースを着せることにしました。白く大きな襟と紺のワンピース、そのコントラストがとても清楚で、とてもお姉さんぽく見えました。桜の花もおめでとうを言ってくれているみたいで、とてもきれいでした。

久しぶりのどんぐり学園は楽しかったね。大好きな友達がみんないたね。ずうっとずうっと友達の顔を見回していたね。一緒に楽しく遊んだ日々を思い返していた？思い出すことができた？　心に刻むことができた？

ここは絢音にとって安心できる場所なんだよね。よかったね、出席できて。名前を呼ばれて「はい」と返事をして席を立って、自分の足で歩いて、園長先生から卒業証書をちゃんと自分で受け取ることができたね。

お母さんは、もう思い残すことはないというぐらい感動してうれしかったよ。集合写真に大好きなみんなと一緒に、しかも家族そろって写ることができて、とても幸せだったよ。絢音ありがとう。最高の卒園式をありがとう。

入学式

広い体育館の中で、後ろを振り向いて父母席の私たちの顔を見つけた時のあなたはキラキラ輝いていました。「おとーはん、おかーはん見て！あやちゃん、ひとりでちゃんと椅子に座って、お話が聞けたよ。偉いでしょう」って言わんばかりの満面の笑顔。大丈夫、絶対に忘れないよ。

あの日は寒かったのです。おとーはん、会社を休んで、ビデオもカメラもしっかり準備して入学式という大切なイベントを記録しようと意気込んでいたのに。風がビュウビュウ吹いて、寒かったから、私たちは〝大丈夫かな？〟って心配で、すっかりビデオを撮るのを忘れてしまいました。

特別クラスで『あやねちゃん、入学おめでとう』と書かれた黒板の前で、親子3人並んで、先生に撮ってもらった写真と、「絢音ちゃん早く学校に来てね」と応援してくれた1年3組のみんなと一緒に撮ったクラス写真がお母さんの大切な宝物。

願い叶うならば、あの日のあなたに満開の桜をプレゼントしたかったな。満開の桜の下で、落ちてくる花びらを受け止めようと、両手を大きく広げて嬉しそうにしているあなたを強く抱きしめたかったなぁ。

命の宣告

勇気を出して、1週間に1度の通学にしますとか、いっそのこと1ヶ月に1度の通学、でも良かったかもしれない。

絢音は自分の体調以上に無理しちゃう子なんだから、私がちゃんと勇気を出して「おやすみします」と言えば良かった。

小学校に入学出来たことが嬉しくて、きっと絢音も嬉しいだろうと思って、毎日通ってしまった。朝は遅めに登校して、お昼前には帰っていたから、1〜2時間しかいないんだけど。絢音が楽しそうにしていたから、つい明日も連れてきてあげようという気になってしまって……絢音には体力的に負担になってしまっていたのだ。

4月12日、強い心不全状態でまた国立N大学附属病院に入院してしまいました。この時私は、40度の熱を出して寝込んでいたので、主人が会社を休んで、私の代わりに10日あまり付き添いをしてくれました。

絢音は確実に『死』に近づいた難病になってしまったけれど、心臓移植の適応となるのは、もっと重症化した時と言われていたので、『死』はまだまだ先のことだと考えていました。

強心剤などの点滴治療をして、また元気になって、退院出来るのだろうと考えていました。でも、容体が安定せず強心剤の量をなかなか減らすことが出来ませんでした。

私は主人から、絢音が泣いてばかりで元気にならないと電話で聞いていたけれど、それは付き添いに慣れていない主人が付き添っているから、いつもと勝手が違ってぐずぐず言っているのだと思っていました。

4月20日（土）。

やっと風邪が治ったので、付き添いをしに朝7時ごろ病院に着くと、絢音はごはんを「いらにゃい」とぐずっているところでした。

お腹が空けばお昼ごはんは食べるだろうと思い、「もういいよ。ねんねしな」と寝かしつけました。「じゃあ、あとは頼むよ」と付き添いを交代して、主人は会社に出勤しました。

絢音はすぐに寝入ってゆきました。

大きく肩呼吸をしていて、本当に調子悪いんだなぁ、と私は不安に思いつつ、「でもこれから元気になるよね」と絢音の寝顔に話しかけました。

お昼になって、「ごはんだよ」と絢音を起こしましたが、もうろうとしていて、やっぱり「いらにゃい」と言います。朝も昼も食べなかったことを知って、ドクターが様子を見にきました。

急遽、レントゲンやエコー検査をすることになりました。それが2時前後。絢音が寝てばかりで、つまらないなぁなんて思っていたら、それは突然にやってきました。

午後3時、ドクターが部屋に来て言いました。

「お話ししたいことがあるので、お父さんを呼んでもらえますか?」

「えっ?今からですか?」

「はい、なるべく早いほうがいいです」

「……はい、わかりました」

私は呆然としていました。

何？　何が始まるの？　どんな話？

絢音はどうなるの？

それまで、『死』は遠いところにあったのです。まさか、この後命の期限を告げられることになるなんて、全く予想だにしていないことでした。


主人はすぐに会社を早退して、シャワーを浴びるなどの身支度をして、1時間半後ぐらいに病院に来ました。

看護師さんたちが夕方の申し送りをしているナースステーションの片隅で、私たちはドクターの話を聞きました。


ドクターは遠回し、遠回しに言葉を選びながら説明してくださるけれど、はっきり言ってしまえば、絢音は今、『危篤状態』なのだ。ずっと待機して、検査もこまめにしながら様子を見ていくけれども、明日が迎えられるかどうかは分からないという。

信じられませんでした。確かにぐったりしているけれど、意識はあるし、しゃべることもできたから。
絢音は今日、死んでしまうの？
全く信じられませんでした。

それから長く重たい時間が過ぎて行きました。深夜になって病棟は静まってゆくけれど、私たちのいるこの個室は、看護師さんの出入りも激しく、私と主人はなすすべもなく、先ほど設置された心電図モニターを呆然と見つめていました。

お茶攻撃&興奮

日付が変わって4月21日（日）、夜中の2時過ぎだったでしょうか。
それは私にとって、生まれながらに心臓病だったことよりも、知的障害が確定してしまった時よりも、新しい病気になって余命わずかと告げられた時よりも、心に深く突き刺さる、衝撃的な事実でした。危篤状態の時に起こる興奮、不穏、混乱。

それまでぐったりしていた絢音が〝むくっ〟と起き出して、「おかーはん、お茶ー!」と激しく叫びました。私たちはとてもびっくりしました。「お茶ー、お茶ー!」なおも叫び続けます。何がなんだか訳が分かりませんでした。あやねが絢音ではないのです。私と目線を合わすことが出来ず、通り抜けてはるか後ろを見つめているようでした。

水分制限があるため、絢音の欲しがるだけのお茶をあげることが出来ません。40cc、10cc、5ccと1回にあげられる量が減っていきます。

もうお茶をあげることが出来ない。

……私たちは、ベッド柵を一番上まで上げて危険のないように配慮した後、後ろめたい思いを抱えつつ部屋を出ました。

病室のドアのすぐ横に隠れて、息をひそめます。それでも絢音は「お茶ー、お茶ー」と叫び続けました。狂気に満ちたその叫び声が耳について離れません。絢音、お願いだから眠って。もうそれ以上叫ばないで。

私たちが〝お茶攻撃〟と名付けたそれは、最期のその日まで続きました。絢音だって、自分から好んでこんな行動をしているんじゃない。どんどん脳細胞が壊されていって、病気に操られているんだ。大好きだったジグソーパズルも出来なくなってしまった。あやねが絢音でいられなくなってしまうような興奮、不穏状態。誰を恨んだらいいのか分からないけれど、心の中で確実に私は誰かを恨んでいました。終末期症状と言われるそれに、私たちは毎日おびえていました。

絢音が何か言おうとする瞬間、私たちの心は凍りつきます。

「おかーはん、お茶ー！」と言わないで欲しいと願って、おかーはんはおかーはんでなくなります。何かと用事を見つけて、部屋を出ることが多くなりました。絢音と向き合うのを避けるようになりました。「おかーはん」との呼びかけに、「なぁに？」と素直に答えてあげられなくなりました。絢音は呼びかけの最初に「おかーはん」を2回続けるようになりました。

怖かった。「おかーはん、お茶！」と言われるのが怖かった。お茶とかお水とかを飲むという言葉を絢音の前で使えなくなりました。

でも一番怖かったのは、絢音かもしれませんね。絢音は本当にお茶が欲しくて、そう言っていたのではなく、不安でたまらなくて、私たちとコミュニケーションをとりたかっただけだろうに。叫べば叫ぶほど、周りのみんながどんどん距離を置いてゆく。絢音、不安でたまらなかっただろうね。

絢音を全部受け入れてあげることが出来なくてゴメンネ。こんな私を「おかーはん、しゅき（好き）」って、私の胸に飛び込んできてくれてありがとう。

なぜかジュースよりも、お茶が大好きでした。私はお茶をこれからもずっと飲み続けると思います。絢音の代わりに。

たいせつな毎日

毎日予断を許さない状況の中で、1日1日を大切に生きて行こうと決めました。当時、ホームページに書いていた日記より抜粋しました。

平成14年4月13日

あ〜ぁ、とうとう昨日入院しちゃった。

1ヶ月だけだったなぁ、家にいたの。

でも一番の願いだった卒園式と入学式に出席できて、本当によかった。この願いが叶わなかったら心残りで仕方なかっただろう。

在籍していながら1日も小学校に行けなかった、なんて事にならないようにと思って、入学式だけはと頑張ってきたんだから。

その後、欲張りすぎちゃいました。いくら半日とはいえ毎日はきつかったかなぁ。というか、しんどかったよね、ごめんね。

最初はやっぱり週1日とかにしておけば良かった。絢音が学校に行くのを楽しみにしてたので、無理しているのを見抜けなかった、〝調子が悪い〟と〝心不全〟との境界がわからない！　夫共々、認識の甘さに反省。

平成14年4月26日

拡張型心筋症になってから2回目の入院。なかなか悪い状態を抜け出すことができず、夕方に夫が呼ばれて、〝危篤宣言〟を受けました。沢山の点滴などの管、酸素テントのなかでぐったりする絢音。食べることが大好きなのに、食べることができない。この時、初めて〝死〟が身近なものになりました。

平成14年4月29日

夫はこんなにムクムクの痛々しい絢音の姿をビデオに撮る、という。最初びっくりしたけど、私も絢音の姿を残しておこう、という気になる。ムクムクでも愛しいし、これは絢音の生き様だ。しっかりと記憶（記録）しておこうと思いました。

平成14年4月30日

〝もう頑張らなくていいんだよ〟私たちは、何度そう心の中でつぶやいたことでしょう。口に出してしまうと、絢音の頑張りを否定してしまう事になるから、決してお互い、口にすることはなかったけれど、気持ちは一緒でした。本当に、絢音は頑張りました。今も頑張っている。苦しい！　つらい！　と泣きわめくこともなく、ただひたすらに自分の病気と向かい合っている。ドクターが来れば、自ら仰向けになって「しもしも（もしもし）」と診察をうけた。体拭きの時には、しんどくて本当は嫌だろうに、「はい」と身をまかせた。面会の人が来れば、起きて返事をしたし、バイバイと手もふった。みんな〝絢音ちゃん頑張れ！〟というけれど、私は頑張ってほしくなかった。

苦しくて、しんどくて、つらいのに、眠ることもままならず、その苦しさをあの小さな身体で受け止めて……お母さんは見てるのがつらいよ。頑張らなくていいよ。絢音の好きなように、楽なようにすればいいんだよ。

この時が峠だったようです。5月になって、少し回復してきました。

平成14年5月18日

ちょっとショックな事がありました。最近は状態が落ち着いてきて、ご飯も食べられるようになったので、また退院が出来るかもしれない、という期待を込めて、臓器移植を応援しているNPO団体に電話してみました。移植は勧められませんでした。

募金活動するにはどうしたらいい？とか目標金額は？とか、救う会立ち上げはどうしたらいい？ちゃんと答えてもらえなかった。電話したら〝もっと早く〟〝今すぐ〟活動を始めましょうって言われると思っていたから、いつも生死の狭間にいる人達をみている方がそう言えない程、絢音は深刻なんだって事がショックだった。「心肺同時移植なんですけど」って言ったら、「あぁ～」て大きなため息が聞こえた。日本で（海外渡航して）成功した子はいないって。成功した大人もいないって。今、準備してる人もいないって。心臓だけならまだしも、心臓と肺を同時で移植しなければならないのは、そうとう壁が高かったみたい。予想していた事だけど、どぉ～んと落ち込んだ。

平成14年5月31日

時々、夫と交替して家にかえってきた時に、こうやって書いているのだけど、昔の日記は自分の事、昔の事ながら、涙が出てくるね。生後1歳頃まで毎日、水分出納と体重と熱と天気がノートにびっしり書いてあって、体重なんか折れ線グラフにしてある。

ほんの数グラムの増減で一喜一憂していて、〝あぁあの頃は辛かったな。追い詰められていたな〟と思う。絢音の為に自分に出来る事は……と、いつも考えていて、最善をつくそうと努力していた。今、あの行動を振り返ってみると、余計、自分を追い詰める行動だって分かるんだけど、当時は目の前にある事を処理するのに精一杯で、しかも〝これからどうなるんだろう？〟っていう、漠然とした不安が大きかったから、何かせずにはいられなかった。

最近もらった手紙に〝あの頃のお母さん（私）は、怖いぐらい一生懸命でした〟って書いてあって、『怖いぐらい』に笑っちゃった。よく、〝振り返ってみると早かった〟という表現をするけど、私はこの6年間、その瞬間その瞬間も、今現在も長かったと思う。

平成14年6月7日

今日は移植について、ドクターにもう一度くわしく説明して頂きました。今回、急激に悪くなってしまって、諦めていたんだけど、状態がよくなってきたので、移植できる可能性があるのかどうか聞いてみました。ドクターは勧める事も諦めさせる事もしないけれど、とても厳しい現実を教えてくれました。結果、私達は移植を諦めました。たぶん無理だろうと思っていたけど、出来るのなら踏み出したいという思いもあって、諦めるには何か理由がほしかった。心肺同時移植が成功する確率が医学的にも限りなく低いと分かって、やっと気持ちの整理がつきました。絢音がこんなにも頑張っているのだから、私達も行動をおこした方がいいのかな？とずっと悩んでいたけど、これで絢音と真正面から向き合えます。「点滴をはずして、少しでもお家に帰れるようにしてあげたい」とドクターが言ってくれたので、そうなることを願いつつ、過ごしています。

奇跡です。危篤状態から回復して、とうとう7月上旬に退院することが出来ました。

平成14年7月11日

夕食の後、オセロをしました。大ちゃんと夫、絢音と私です。ちょうど入院前に、予備として買っておいた小さめのオセロが役に立ちました。お兄ちゃんがオセロをすると、絢音も触りたくて、しょうがないんです。いつも横から手を出して大ちゃんに怒られていたから、絢音用にしようかなと思って、買っておいて良かった。「絢音もする？」と聞いた時の嬉しそうな顔！とってもいい笑顔でした。大ちゃんと主人はとてもいい勝負で、１つか2つ違いで夫が勝ちました。絢音も見よう見まねでひっくり返したりしていましたが、白と黒に分かれるっていうのがわからないので、私と同じようにひっくり返して全部黒になってしまいました。思う存分絢音用のオセロで遊べて、満足そうでした。

平成14年7月17日

３ヶ月ぶりに小学校に行ってきました。雨が降っていたけれど、暑い日でしんどくなるよりはいいかな？　と思って、なるべくぬらさない様、気をつけて行ってきました。ついた時がちょうど放課後だったので、たくさんの子が特殊クラスに遊びにきていて、はじめはちょっとびっくりしていました。その中にお兄ちゃんの姿を見つけると、「だいちゃん！」と大声を出し、とても喜んでいました。家でも会っているのに、〝学校〟で大ちゃんに会えたことが嬉しいらしく、いや、大ちゃんと同じ〝学校〟に来れたことが嬉しかったのかも。同じクラスの子も喜んでくれていた様だし、絢音も

〝あれがしたい、これがしたい〟と好きなことをして、疲れたら横になって、とても有意義な1時間を過ごすことができました。学校に行けるなんて夢にも思ってなくて、夢物語が現実になったら、あっという間に終わっちゃって、今でも本当に学校に行ったのか信じられない。また行きたいなぁ、でももう、行けないんだろうなぁ、8月は暑いから、次は9月になるでしょ?もう入院してるよな?

夕方、夫に〝学校でこうだったよ、ああだったよ〟って報告しようとウキウキ気分だったのに、「それで、君は納得したの?」のひと言でケンカになってしまいました。夫は、家にいるだけでいいと思ってるんです。私も、家に少しでも帰れるってことだけで満足でした。でも欲が出てきました。せっかく今良い状態なんだから、絢音の喜ぶだろうこと、嬉しがるだろうことをしてあげたい、させてあげたい、そう思うんです。「そう思うことがいけないの?」「自己満足じゃないの?」「確かにそうかもしれないけど、絢音は出掛けたがっているのに、風邪をひくといけないからって、どこにも連れ出さないで、毎日の日常をおくるだけでいいの?」「いいよ、日常のどこがいけないの?」「悪くないよ。家に帰ってこれて、こうして家族が揃うってことだけですばらしいことだよ。だけど、家での生活にも慣れてきて、毎日の何気ない日常では味わえない、それ以上の喜びを味わわせてあげたい、そう思うようになったの。今しかチャンスはないんだよ。容態が悪くなって入院してしまったら、もうチャンスはこないよ。絢音が天使になってしまってから、ああしてあげれば良かった！って思っても遅いんだよ」「絢音がそれを望んでるの？親のエゴじゃないの？」「……確かに。でも、〝少しでも長く生きていてほしいからって、出掛けたがっている絢音を家にずっと閉じ込めておく〟なんてかわいそうじゃない？　それも親のエゴじゃないの？」結局、ケンカの決着はつきませんでした。きっとどちらも親のエゴなんでしょう、そして、どちらも間違ってはいないのでしょう。これからどうなるのか、どうするのか、わからないけど、こうして私たちがもがくことも大切かなと思います。子供の死に関しては、満足のいく答えなんてないのだから。

平成14年7月25日

17日のケンカの件、まだ話が本決まりではなかったので、抽象的になってしまって、夫が「俺が悪者みたいじゃん」とプンプンしていたけど、具体的に書くと、実は絢音の夢を実現させるために東京に行くか・行かないか、ということだったのです。危険は覚悟の上で行かせたい私と、行かせたくない夫。夫も本当は、不安材料さえ少なくなれば、行かせたい気持ちだそうで、今日、その話し合いがあって（夢の実現の手伝いをしてくれる人達と）、最終的に夫がどういう決断をするのかドキドキでした。私は突っ走る性格なので、冷静な夫がやっぱりダメという決断をしたら、仕方ないのかなぁと諦めるつもりでした。でも夫は「不安材料を少なくする努力をして、東京に行ける様、話を進めたい」といってくれたので、とうとう絢音の夢、実現に向けて動き出しました。ところで絢音の夢とは？

〝大好きな人たち（キャラクター）に会いたい〟ということです。しんどいだろうから、キャーキャーと喜んでくれるか分からないけど、楽しんでくれるといいなぁ！　本当に、夢に向かって動き出したってことだけで嬉しい！　なんか目標ができたって感じ。

平成14年8月28日

おととい・昨日と、絢音の夢実現のため、東京に行ってきました。〝大好きな人たちに会いたい〟という夢がとうとう叶いました。最初は緊張してカチンコチンになっていたけれど、しばらくして、ニヤッ!!　陽気な絢音にしては、意外な反応で、ずっとニヤニヤして見ていました。車イスから降りて、抱きつきに行くかと思っていたよ。絢音の感想は?5時間のドライブを経ての第一声が「あやちゃん、きたねぇ(＝行ったね)良いねぇ」でした。あぁしっかり絢音の中で、思い出として残ってるんだなぁと分かって、私たちは安心しました。移植してあげられなかった、絢音の人生の締めくくりだから、ぜひ夢を叶えさせてあげたいと願っていたので、本当に良かった!たくさんの絢音の笑顔が見れて嬉しい!あのかがやく瞳を忘れないでいよう。

平成14年9月1日

すごい!9月になった。でも今日はものすごく調子が悪く、グズグズです。最近ドライブが日課になっているので、しんどいにもかかわらず、「行く〜」ときかず、仕方なく連れ出しました。今日は夜中、ほとんど寝てないので、車の振動が心地良いらしく、よく寝てくれました。絢音はとても敏感で、赤信号で止まるたびに、〝動け!〟とおこっていました。そのため、半日ずっとドライブでした。コンビニに寄ることもままならず、名古屋をぐるっと一周してきました。入院前の最後のお出かけになるかな？

平成14年9月2日、入院しました。

平成14年9月22日

〝しあわせは自分のなかにある〟

ありがとう。この言葉に救われました。

平成14年10月5日

絢音は、その天真爛漫な性格と知能の遅れから、『生死』の概念もないし、どんな状況にあっても、身近なもので遊びをみつけ、いつも笑顔を見せてくれるので、〝すごいな～〟って思っていました。絢音がストレスで脱毛なんて……、とてもショックです。夫は白髪が増えました。やせました。私もやせました。じんましんが出たりしました。大ちゃんはぜんそくやアトピーになりました。精神不安定になったりもします。みんなストレスを感じていながら、でも状況は変わらなくて、ストレス発散できないまま過ごしていました。実は絢音もストレスを感じていたんだね、辛かったね。

最近ちっくん（注射）が多いもんね、痛かったね。ベッドや床に落ちている抜け毛をみるたびに、青黒くなった両腕をみるたびに、痛い痛いと泣き叫び、せまい酸素テントの中でのたうち回る姿を見るたびに、悲しくなります。絢音が痛い思いをすることが少なくて済みますように。

平成14年11月17日

先週、とうとうオムツが一番小さいサイズになりました。ハイハイ用サイズというやつで、〝生後数ヶ月の赤ちゃんといっしょなのかぁ～〟と思うと悲しくなってきちゃいますが、おしっこのモレはこれで無くなりました。絢音は何故だか赤ちゃんが大好きで、オムツのパッケージに赤ちゃんの写真が載っているので、大喜びではいています。６歳なのに「あやちゃんのパンツ」と喜んでいる姿を見るのは、ちょっと複雑～！トイレに行って便座に座るーという行動自体が、しんどくて出来なくなってしまい、トイレトレーニングは終了しました。オムツはいてもいいから、絢音の晴れ姿見たかったなぁ！今年は七五三だったのに～。

平成14年年11月27日

嬉しい！退院することになりました。

「今、生きていることが奇跡」とドクターが言うほどの絢音のがんばり。退院が現実のものとなって、絢音自身に、まわりで支えて下さった方々に、感謝の気持ちでいっぱいです。拡張型心筋症を約1年前に発症し、まだ実感のなかった1回目の入院（去年12月～今年3月）、危険な状態を経験して、この病気の怖ろしさを実感した2回目の入院（4月～7月）、学校へ行く、大好きなひとに会いにいく――など夢が叶った充実の夏休み、そして今回の入院（9月～）。ただ毎日が何となく過ぎているようで、実は〝精一杯『生きた』〟毎日だったのではないでしょうか。飛行機が着陸に向け降下する時のように、少～しずつ少～しずつ容態は悪くなっている訳で、今の〝元気〟はとても貴重なものだと思っています。興奮して我を忘れた絢音と対峙することはとても辛いことです。

だから今、元気になって興奮が少なくなっているので、私たちはとても穏やかな日々を過ごしています。笑顔で答えてくれる絢音が愛おしくて愛おしくてたまりません。病院の前に広がる公園の紅葉も、すばらしくきれいで、いっそう私たちの心を和ませてくれました。これから季節は師走となり、慌ただしく毎日が過ぎていくことでしょう。できる限り毎日を慈しみたいと思います。

平成14年12月12日

10日の外来受診の時に、久しぶりに絢音の胸のレントゲン写真をみました。それは〝びっくり〟を通り越して〝ショック〟でした。

心臓の大きさって自分の握りこぶしが目安っていうから、私はレモンぐらいだし、夫だったらアボカドぐらいだし、絢音にいたっては大きめの消しゴム2個分といったところ。ところが、レントゲン写真にうつる絢音の心臓は、メロンぐらいの大きさだったのです。胸幅の3分の2が心臓。あんな小さな身体でメロンを抱えているなんて。

「あやちゃん、がんばりすぎだよ～」って思いました。

私たちの想像もつかないぐらい、本当はしんどいだろうに、絢音はものすごく生きようとしている。笑顔までみせてくれて、私たちを幸せな気分にしてくれる。せつない想いで絢音のことを見てしまうけれど、私も絢音に笑顔で接して、絢音を苦しみから解放してあげなければ、と思いました。

平成15年1月26日

『幸せになるということは、何かを成し遂げることでも、成功することでも、他人に勝つことでもないのです。幸せを計るものさしを身につけることなのです。』↓今日の新聞から。忘れないように書いておきました。

平成15年2月9日

今日はとってものどかな暖かい一日でした。昔はよくこんな日は公園に出掛けたものでした。

絢音の体調と相談しながら、本当によくでかけました。昔っていっても引っ越してきてからの数年間ですが。

最後の公園はおととしの11月終わり。もう拡張型心筋症を発症していた頃です。大ちゃんと夫がやっているバスケットやキャッチボールをにこにことベンチに座って見ていました。いつもなら、絢音もボールを取りにいくところですが、ずっと座って見ていました。決してつまらなさそうではなくて、本当に嬉しそうに、ニコニコとして足をぶらんぶらんさせながら見ていました。

その情景がとても強く印象に残っています。

平成15年3月10日

今日はバタバタと忙しい1日でしたが、とても良いことがありました。

朝起きたらとても快晴で、んっ？もしかしたら行けるかな？11時前にすっきりとした顔で絢音が起きてきました。

〝もう午前中の授業は終わりだなぁ～。午後からにするか。んっ？待てよ。良いこと思いついた！給食があるじゃん！〟てな訳で行ってきました、学校に。

は・じ・め・ての給食。ドキドキ、わくわく。絢音はもりもり食べて、おかわりを2杯。

びっくりでしょう？7月の登校の時みたいに、キャーキャー言って喜ぶってことはなかったけど、ニコニコとして、大ちゃんが教室に遊びに来てくれたときには「にいぃ～～」って笑っていました。やっぱり『退院』とか『学校』ってすごい！すごいパワーを与えてくれる。絢音にとっての『ごほうび』だね。

真新しい給食用ナフキン、やっと今日使えたよ。ランドセルも帽子も、名札も上靴も、ノートもエンピツも絢音に使って欲しいってきっと思ってるよ。

平成15年3月28日

昨日絢音が7歳に、今日大ちゃんが11歳になりました。

約1年前、「何ケ月先、何年先という単位では考えられない（絢音の寿命）」と言われたのに、1年経ったよ！　すごいね！　えらいね！

絢音、おめでとう！

４年前、絢音の知能の遅れが気になりだして、検査をしてもらいました。知能指数が40だったか50。３年後の去年、再検査の時期がきて検査したら知能指数は25だか35に下がっていました。数字とか色とかあいうえおとか覚えるはずの年齢なのに、覚えられないから知能指数としては下がっちゃったんだろうけど、この1年で会話ができるようになって、親の私たちは随分成長したなぁ～と感じています。

拡張型心筋症を発症して調子の悪くなりはじめた、おととしの秋、絢音はまだ文章を話せませんでした。「おちゃ！　おちゃ！」だったのが、今では「おかーはん、お茶！　あやちゃん、お茶、のむ」とまでしゃべれるのだから、会話が楽しくて仕方ありません（興奮の強い時は自分を見失って会話が成り立たないので、悲しいのですが）。

この1年、本当によくおしゃべりをして、会話をして、楽しい1年でした。長い間、一方通行の話しかけが多かったから、絢音が「はい」とか「うん」とか返事をしてくれるのが嬉しい。「いやだ！」も時には可愛く思えたりします。これからも沢山おしゃべりをしていこうと思います。

毎日の日常会話もすべて大切。でもやっぱり、とりあえずは、絢音から「キラね〜ピカね〜」っていう素敵な言葉が聞かれるように、お花見をしなくては!!

平成15年4月10日

今日は絢音にとって楽しいこと、嬉しいことのたくさんあった1日でした。

今日は天気予報で暖かくなると言っていたので、前々から登校したいと思っていました。絢音もそれを分かっていて、だから朝起きてすぐに「こっが！（学校）」って嬉しそうにしていました。

学校に着いてお友だちの顔を見たら、ご機嫌ななめはすぐ直りました。パズルをしたり、おりがみをしたりで、楽しい時間を過ごし、お茶攻撃もちょっとあって、あれやこれやと気を紛らわし……待ってました！　の給食では、やっぱりもりもり食べてくれました。食べ始めると、お茶のことを忘れるので、ちょっと落ち着いてほっとしました。

なんで給食だとこんなに食べれるんだろう？

給食の後、すぐに帰り支度をはじめて、でも絢音は〝いやだ〜〟ってぐずっちゃって、車に乗るまで結局1時間ぐらい掛かりました。

お昼寝をたっぷりして疲れをとって、夕方からもお出掛けしました。

大ちゃんは少林寺拳法を習っているのですが、絢音はそれをまだ見たことがなかったので、見学させてもらったのです。

先生のご好意で大ちゃんは正式なユニフォームを着させてもらっていました。絢音は大ちゃんの見たこともない様子にびっくりでした。

〝なんだろう？何が始まるんだろう？〟そしてお稽古が始まると……。

「キャ〜！だいちゃん〇×△……」って言って大喜びです。掛け声の「はぁー」とか「やぁー」が面白かった？　みたいです。

絢音は「だいちゃん、かっこいい！がんばれ〜」ってニコニコしながら見ていました。大ちゃんは恥ずかしがって小さな声になっていたので、とても勇姿とは言えませんが、少林寺拳法を頑張っている大ちゃんを見学できて、本当に良かったです。冷たい道場の床の上に座っているのも負担がかかるだろうと、ちょっと見学したら帰ろうと思っていたのに、絢音が「やだ！かえりゃない！」って言うので、びっくりでした。

今日は暖かくてほんとうに良かった！

たくさん嬉しいことがあって良かった！楽しい思い出ができて良かった！

絢音の笑顔がたくさん見られた、絢音がたくさんおしゃべりをした。いろんなことが……本当に良かった！

平成15年4月18日

おかげさまで退院から早２ヶ月がたちました。絢音はすごいね。こんなにも長く家で楽しく過ごせるなんて絢音に感謝。みんなに感謝。そして自分もほめてあげよう。

風邪の流行っている時期には、「絶対風邪をひかないように」とピリピリしていました。それはすごいプレッシャーで、心に余裕がなく、よくケンカもしました。大人の私たちでもそんな感じなのに、大ちゃんはよく頑張ったと思います。手洗い、うがいは欠かさないし、外出時にはマスク。恥ずかしがる年齢なのに、えらいと思います。絢音中心の生活で、我慢を強いられることが多いだろうに、本当に頑張ってくれました。我慢してくれました。大ちゃんの頑張りはちゃんと分かっているよ。

平成15年5月5日

ゴールデンウィークに津の夫実家に遊びに行って来ました。「湾岸ができたから、早いよね〜」って話していたのに、甘かった。すごい渋滞で、3時間もかかってしまいました。

絢音はしんどくなって興奮しだすし、大ちゃんは「まだ〜ぁ？あとどれ位？はあぁ〜〜！」ってため息をつくわ、対応する私たちはイライラ。

それでも、久々に見る海のきらきらや吸い込まれそうなぐらいの新緑に癒されてきました。最近は絢音の状態も落ち着いているので、そんなにストレスを自分では感じていなかったんだけど、〝いつ入院になるんだろう？〟という心配や〝いつ入院になってもいい〟と覚悟を決めることが知らず知らずのうちにストレスになっていたんでしょうね?!

自然を感じて、とても安心しました。こころ落ち着きました。

長時間ドライブで疲れたので本当は眠いのに、絢音は一生懸命起きて久しぶりに会うお姉ちゃんたちと嬉しそうにお話ししていました。

ほんの数時間しかいられなかったけど、大好きなお姉ちゃんたちに会えて良かった！　帰りもちょっと時間がかかって、もう夕ごはんどき。「ごはん　どうしようか？」って、
長島パーキングに寄ったら、ちょうど花火が上がりました。

「そういえばゴールデンウィークに花火をやるって、CMしてたよ！」ちょっと、いやすごく、ラッキーでした。夏を待たずに家族揃って花火見物ができるなんて。きれいだなぁ～嬉しいなぁ～って思いながら見ていたら、涙が出てきました。あのとき花火を見て泣いてたのなんて私一人ぐらいでしょう。だって、〝絢音ちゃん、よく頑張ったね、よく頑張ってるね〟っていうご褒美のように思えたんです、花火が。

いろんなことが、もう本当にいろんなことが、タイミング良くまるで『絢音のため』のように重なって、絢音は嬉しい体験、楽しい体験が沢山できて……感無量です。

絢音は自分の運命も知らず、自分自身がそんな奇跡を起こしている、なんてことも知らず、相変わらず飄々とした感じで、「きらね～ぴかね～あやちゃん、いいね～！」なんて言っている。またそれも可愛かったりする。今日も良い1日だったね！　良かったね！

平成15年6月1日

5月28日にとうとう入院しました。

真冬に退院して、寒い冬をなんとか乗り越えてからは暖かな春に感謝して、家での生活を存分に満喫して過ごすことができました。

あまりにも長く家で過ごせるので、〝もしかしたら絢音は、もっともっと数年という単位で生きられるんじゃないか〟と期待してしまうほどでした。

この春を、家族揃ってずっと過ごせたことは、私たちにとって、とても大きな意義があったと思います。

もう気を張るのはやめようと思いました。

〝なるようになる〟し、いろんな問題も〝なんとかなる〟。そう思うことにして、ちょっと自分を楽にしてあげようと思います。

平成15年6月27日

6月22日容態が急変し、現在ICUにて治療中です。今後、回復する事は困難です。私たちは毎日の変化を受け入れ、静かに見守っていこうと思います。これまでも痛い思いや苦しい事の連続で本当は早く休ませてあげたいのですが、絢音本人は必死で生きようと、闘い続けています。私たちには、見守ってあげる事と祈る事しか出来ません。

ホームページをご覧になった皆様へ。
こんな状態の中、生きようとしている絢音の為に、どうか、お祈りしてください。
お願いします。

第4章

一生懸命に生きる

さくら

さくらの花が散って葉桜となった頃、私はずっと抱えていたある思いを、主人に勇気を出して告白してみました。

「やっとさくらの季節が終わったね。

私、本当はさくらの咲くのが怖かった。

春が来るのが、怖かった」

主人も、「俺も……」とポツリと言いました。

あぁ、同じ思いだったんだ〜と私は安堵しました。

私たち、絢音がいなくなってしまうような気がしていたのです。さくらの咲く頃生まれた絢音だから、さくらの咲く頃逝ってしまうかもしれない、と。口に出してしまうと、本当にそうなってしまいそうで、怖くて仕方なかった。それは強く重苦しい不安でした。

だから、お花見に出掛けられた時には、すごく嬉しかった。さくらを家族揃って享受できたことに、とても幸せを感じていました。

次のさくらは、絢音と一緒に見られないだろうと確信していましたから、格別の思いでさくらを感じました。

全身で、こころで、愛おしく、生命を感じました。この春は、私たちにとって、一番大切な宝物です。

最後の入院

最後の入院は、4月から異動になった主治医の先生について私たちも転院し、〝新しい病院で〟となりました。

名古屋市郊外のあいち小児保健医療総合センターという、簡単に言えば、県立の子供病院で、新設されてまだ数年の新しい病院でした。ここは偶然にも、私たちがよく遊びに行っていた公園のすぐ隣にあり、今まで通っていた国立N大学附属病院よりも家に近いことから、入院生活も楽しめそうだなと少しだけ期待を抱かせてくれるような、面白そうな病院でした。

4月から2〜3回通院し、5回目の通院予定日を待たずして、5月28日午後、入院しました。朝起きて薬を飲んで、またすぐに寝てしまった絢音の呼吸が乱れていることが気になり、仕事中の主人にメールで相談し、きっと入院になるだろうからとあらかじめ荷物を持って、病院を受診しました。

私たちは絢音の生命力があれば、寒い時期ではないし、まだまだ大丈夫だと信じていました。夏休み前ぐらいには、また退院出来るだろうと考えていました。

でもこれが最後の入院になってしまいました。

そこには、多くの誤算があったのです。

入院してすぐに梅雨が始まりました。気圧の変化は絢音の心臓に大きな負担をかけます。しかも森に囲まれている立地のせいか、湿度が高く、窓を開けても風が通らず、冷房をかければ寒くなり過ぎ、もわっとした病室をいかに快適な状態にするかが、一番の課題でした。

それから入院すると、検査三昧の日々でした。絢音のことを良く分かっている先生がいても、新しい病院ですから今までの検査データが全くありません。紹介状には今までの経緯が記載してあるだけですから、入院時の今のデータが必要です。

理屈では分かるのです。でも、この検査・検査が絢音に大きな負担となりました。また、今までと違う生活リズムに大きく戸惑い、慣れないためにストレスを感じました。退院中も、国立N大学附属病院での生活リズムに合わせて睡眠や食事の時間を決めていたので、生活のリズムが急変したことは大きなマイナスでした。絢音も戸惑っていたと思います。社交的な絢音だから、コミュニケーションはすぐ取れるだろうと考えていたのが、甘かったようです。お茶攻撃など、今までなら上手くあしらって興奮を静めることが出来たのに、新しいスタッフで、絢音は心を開けず、より興奮を強めてしまう、ということがありました。

様々な要素がマイナスに働いて、絢音の病状は一向に良くなりませんでした。

先生や看護師さん、スタッフのみなさんがとても絢音のことを考えてくれて、努力してくれているというのは良く分かっていたし、感謝をしています。

でも、それらがうまくかみ合わなかったというのか、努力よりもマイナス要素のほうが大きかったということなのか、悶々とした日々が続いていました。あまりテレビを見ることもなく、本を見ることもなく、寝転んだまま、お気に入りのシールを手に貼ったり剥がしたりを繰り返していました。

この病院には病棟保育士やボランティアの人がたくさんいて、一緒に遊んだりしてくれるのですが、絢音は病状があまり良くなかったので、病室に来てもらえたのは2回だけでした。絵本を読んでもらって、絢音は寝転んだまま静かに聞いていました。いつもなら起き上がるのに。いつもなら絵本に興味を示すのに。

私は重苦しいこの状態から目を背けるかのように、窓の外をよく眺めていました。中庭があって、その向こうには森が広がっていました。森の向こう、見えないけれどそのはるか先に、自宅があるはずでした。早く中庭で散歩出来るようになるといいなぁ。早く家に帰りたいなあ、という思いは、梅雨が深くなるにつれ、ここから出られないのかもしれない、という思いに変わりました。

私が窓の外を眺めていると、この先に家があるなんて分かりっこないのに、絢音が

1度だけ「あやちゃん、おうちかえるね」と言ったことがありました。胸がキュンとなりました。「うん、あやちゃん、おうち帰ろうね」と約束しました。

入院から3週間後、絢音は余力を使いきってしまったようで、呼吸困難が酷くなって、病棟の個室からＩＣＵへと転室しました。

この日から病院併設の宿泊施設を借り、私たちの生活拠点にしました。主人はそこから会社に通勤し、私は付き添い生活で調子の悪くなった内臓の病気の通院をしたり、大ちゃんは学校を休んで、少しでも長く絢音のそばにいられるように努力しました。

朝の申し送りが始まる前、6～7時ごろ3人で面会に行き、絢音の様子を見てから、主人は会社に出勤しました。私と大ちゃんは病院のレストランでモーニングを食べてから宿泊施設に戻り、何をすることもなくボーっとして時間をつぶしました。お昼に2人でまた面会に行き、絢音の食事を手伝ったりして1時間ほど過ごし、その後私たちも病院のレストランでランチを食べ、宿泊施設に戻って主人の帰りを待ちました。主人が帰ってきたら、まず3人で面会に行き、絢音がごはんを食べるのを確かめてから、私たちは夕食に出かけました。そして最後、「おやすみ」を言うために夜9時前後に面会をして、1日が終わるという毎日が続きました。

私たちに出来ることは、絢音に寄り添うことだけでした。


絢音は、ICUでどんな思いを抱えていたのでしょうね。入院しても、私がいつも付き添いをしていたし、手術後のICUは3～4日程度でしたから、こんなにも長い間家族と離れるのは初めてでした。

毎日1日中、看護師さんを「おねーちゃん」と呼び、お茶だのお菓子だのと言っては、気を引こうとしていたみたいです。看護師さんも気長に付き合ってくれて、「なぁに？あやねちゃん」と相手をしてくれ、寂しさを紛らわせてくれていたようでした。

絢音が最後の1ヶ月を過ごしたICU。

私たちにとっても思い出深い場所です。

絢音はここで楽しい思い出が出来たでしょうか？

くやしい

だれか絢音を助けて。

なんでこんなにも、痛く辛い、苦しい思いを味わわなければならないのでしょうか？

絢音はとてもいい子です。頑張っています。

もう、これ以上苦しめないで。頑張らせないで。もういい、もういいから。

絢音を楽にしてあげて。


助けてあげられなくてごめんね。

生まれてから痛いことばっかりでごめんね。

ごめんね、本当にごめんね。

絢音が生まれて、病気があると分かって、全力で守り抜くと、全身全霊で絢音を一生守ると心に誓ったけれど、全然守ってあげられてないね。

つらいよ、苦しいよ。くやしいよ。

絢音を守れない。痛みから解放してあげられない。苦しみを和らげてあげることが出来ない。

ねぇだれか、絢音を助けてあげて。

絢音は何も悪くないから。苦しめないで、お願い。一生懸命生きたじゃん。精一杯生きたじゃん。

これからどうなるの?どうしたらいいの?


絢音が早く楽になりますように。

それは元気になって退院する、ということが1番いいけど、もしそうじゃなくっても、それはそれで仕方ない。

痛みや苦しみが最小限で済みますように。

痛みや苦しみから早く解放されますように。

お願いします、お願いします。

こんなことを祈るしかないなんて……。

長すぎた梅雨

それは長すぎました。６月に入る前から、７月21日まで。そう、思いませんか？

私、基本的には雨って好きなんです。しとしとと降る雨は街に静寂さを取り戻し、おごった心をきれいに洗い流してくれるようで。

雨上がりの白くけむった街が大好きなんです。

でも、平成15年のこの梅雨は長すぎました。

雨が上がることがなかったんですもの。

せっかく洗い流したはずの汚れた卑しいものが、流れずに滞ってしまって、私の心はずっと湿ったままでした。

病院の窓から、毎日雨をうらめしく眺めていました。

雨は絢音の体力を奪っていきました。

雨は絢音の笑顔を奪っていきました。

雨は絢音のいのちを奪っていきました。

てしまいます。

叫び

〝さあ頑張るぞ！〟って気を張って入院しても、長期間になると、気が緩み疲れてき

絢音がお昼寝をしている時に、私も一緒にお昼寝をしたり、大好きな紅茶を飲んでリフレッシュしたり……疲れないように努力してきました。それでも、ため息がでちゃうぐらい疲れている時には、付き添いを交代してもらった時に、化粧品や洋服などを買って自分へのご褒美とします。身体の疲れは、スーパー銭湯に行って、ゆっくり湯船につかり身体の凝りをほぐします。そうやって何とかやってきました。

６月22日、容体が悪化してＩＣＵに入室し、もう一般病棟に戻ることはないんだと分かってからは、ため息をつくことさえなくなりました。ため息がつけるのは、まだ思考能力があって気分が落ち込むからです。私の精神はニュートラルな状態で、喜びも悲しみもありませんでした。

毎日、その時の絢音の状態をそのまま受け入れることで精一杯でした。

「これからどうなるんだろうね」なんてことは私も主人も言い出しませんでした。

7月中旬頃だったかな？

私の身体中の〝元気〟を、どれだけ寄せ集めても、ひとかけらの元気もなくなってしまった時、私は主人に問いかけました。

「わぁーって、心の底から大きな声で、わぁ～！って叫びたくなることない？」

「うん、ある。この間、田んぼの真ん中に車を停めて、大きな声で叫んだ」

同じ思いを抱えてくれる人がいる、というのは素晴らしいことですね。私はそれまで泣くことすら出来なかったのです。やっと泣けました。心の叫びを涙の粒に変えて、やっと吐き出すことが出来ました。

あの時は、何をもってしても私の心を癒すことは出来なかった。叫べばスッキリするーなんて簡単なものじゃなかったけど、とにかく叫びたかった。心の底に澱んでいる重いものを吐き出さなければ、私が壊れる――。

実際、私の身体の変調はいろいろと現れていましたから、今ここで、私の心が発するSOSをちゃんと受け止めてあげないと、私の心が壊れる――そう思いました。
叫んで叫んで叫んで、そして泣いて、私の心を軽くしてあげたかった。
とても苦しかった、あのころ。

さいごの最期

ずい分前から飲食できなくなっていました。病院食を中止し、点滴に糖分などを加えて栄養分を摂取していました（病院食か高カロリー輸液かの、どちらかを選択しなければなりませんでした）。病院食が中止になってからは、カットフルーツやお菓子、カレーライスなどを私たちが差し入れしました。経口水分は、エンシュアという高栄養ドリンクを凍らせ、シャーベット状になったものをあげていました。実質は1日で何十㏄ぐらいしか摂取できていなかったでしょうが、シャーベットをスプーンでカシャカシャするのが好きだったので、いつ面会に行ってもエンシュアのコップが机に置いてありました。また他の食べ物や飲み物も机いっぱいに並べてあり、絢音は見ているだけで満足しているようでした。

むくみは全身に及び、今にもパンッとはじけてしまいそうなほど。正直、怖かった。ガリガリに痩せていたはずなのに、腕は血圧計が巻けないほど、足は丸太棒のように太くなっていました。お腹は腹水でポンポンに膨らみ、おむつは大人用になるほどでした。皮膚はパンッと伸びきり、ちょっとした刺激で内出血や裂傷を負ってしまうので、ベッドに常時当たっているかかとやおしりには、ラップのような保護シートが巻かれてありました。また、太くなった腕や足がベッド柵や机の下に入ってしまうと、とれなくなる可能性があるので、絢音の周りにあるものすべてがタオルで巻かれ、あたかも絢音は、白いふわふわの雲の上にいるお姫様のようでした。

血液検査で肝臓も腎臓も機能していないことが分かりました。詳しい数値は聞いていないのですが、相当悪かったようです。血小板の数値も悪く、全身のどこから出血してもおかしくないとのことでした。

内出血はあちらこちらにありました。

痛々しかったのは、目の下の皮下出血で、悲壮感が増してみえました。〝脳からの出血だけは絶対に避けたい〟と思いました。脳から出血したら、きっと意識がなくなってしまうだろうから。幸いなことに、亡くなる数時間前に面会に行った時、「おかーはん」と呼んでくれましたから、最期まで絢音は記憶障害などがなかったようです。

亡くなる2日前、私たちはICU入室以来ずっと借りていた病院近くの宿泊施設を引き払いました。それは、私の強い希望からでした。

容態悪化の連絡を受けても、自宅から駆けつけると20分はかかるので、このことでは、主人と意見の相違があり、ずい分話し合いました。

この時私たちは、腎臓の機能が働かなくなると、毒素が排出されず全身に回るので、1~2日で尿毒症となり心停止してしまうと説明を受けていました。最期が近いと覚悟せざるを得ません。私は〝もしも〟の時に、深い悲しみの中で宿泊施設の掃除をしたり、他の宿泊者と顔を合わせないようにこそこそと帰り支度をする、なんてことが、耐えられなかったのです。こんな大事な時に……という主人の意見の方がもっともだと思います。

でも時には、〝見切りをつける〟とか〝諦める〟ということが必要になることがあります。プロスポーツ選手が引退を決める瞬間のように。それは決して負の意味ばかりではないと思うのです。私自身もすごく悩みましたが、そう自分を納得させて、家に帰りました。

結果的には、それで良かったと思っています。

先に私たちが家に戻っていたおかげで、絢音が家に帰ってきた時に、「おかえり」っていう気持ちで迎えてあげることが出来ました。

絢音と一緒に、私たちも疲れた気持ちで帰ってきていたら、それは〝戦場から帰ってきた〟というような感覚で、お世話になったはずの病院に、後々良いイメージを抱けなかったかもしれません。

7月20日は日曜日でした。

主人は仕事があったので、私と大ちゃんの2人でブドウを持ってお昼に面会に出かけました。

目の下の皮下出血はますます酷く、尋常じゃないことが見てとれました。

実は昨日までは、まだ回復の可能性が少しあると思っていたのですが……。

この時、〝今日にも明日にも〟最期が近づいていると悟りました。残酷なことを言っているようですが、目の前の絢音の悲壮な姿は紛れもない事実で、一片の希望も抱かせないほど衝撃的でした。


震える手でブドウを手に取り、2粒食べました。呼吸が乱れ、とても苦しそうでした。度々、呼吸を整えるかのように、または苦しみに耐えているのか、目をつぶって「はあぁ〜」と大きく息をしました。

じきにブドウの色が悪くなってきたので、新しいブドウを買ってくることにしました。

ICUを出てお昼を食べていると、主人からメールが届きました。「絢音の調子はどう？ 気を付けて帰ってきてね」と絢音の心配と、いろんな体調不良が出てきていた私への気遣いからでした。

昼食後、近くの産直販売店でおいしそうなブドウを買い、再びICUに向かいました。新しいブドウは看護師さんに託し、私たちは1時過ぎにICUを後にし、次の面会は主人と3人で夜6時に行きました。

私たちが入っていくと、絢音は第一声、「おかーはん」と呼んでくれました。もう10日あまり、名前を呼んでくれませんでしたから、「あれ？元気になったの？」と期待を抱きました。でもすぐに、「おかーはん、痛い」と言ったので、私たちは打ちのめされました。

ベッドにもたれかけ、首をかしげ、目をつむり、唇をかんで、痛みに耐えているのか、苦しみに耐えているのか、じっと何かに耐えているのです。「おかーはん、痛い」と絢音が私たちに訴えて甘えてくれたのは、ICU入室以来初めてのことでした。私たちが面会に行くと、ベッドから身体を起こしていつも頑張ってしまいます。だから甘えてくれたことに関しては、すごく嬉しかったです。

でも、今までに見たこともない苦しそうな絢音の姿。早く楽にしてあげたいと思いました。間違いなく最期が近づいている。

絢音は自分の運命から逃げることもできないで、否応なしに向き合っている。闘っている。生きようとしている。

私はかける言葉もなく、絢音の生き様を目に焼き付けるしかなかった。

しばらくして絢音は、いつものように起き上がり、私たちに元気な姿を見せようと大きな粒のブドウを、やはり震える手で取り、なん粒も食べました。とてもしんどそうで、おいしいと味わっているはずはなく、私は〝もうそんなに頑張らなくていいよ。お願いだから無理しないで〟って思いました。昼食後もなかなか寝られなかったと聞き、少しでも寝られるといいなぁと願いながら、後ろ髪を引かれる思いで早々に面会を終えました。私たちは夕食をとり、スイカの差し入れを持って夜9時頃にもう1度面会に行きました。このとき絢音はうつらうつらしているところだったので、私たちはベッドサイドまで行かず、ICUの入り口から絢音の様子をうかがって、「絢ちゃん、いっぱいねんねしてね。明日また来るね」って心の中で声かけをして帰りました。これが最後の面会でした。

主人はいつも通り、アルコールを飲んで10～11時に入眠しました。

私は約1ヶ月ぶりに車を運転したために、気疲れしたのか身体の調子が悪く、寝つけずにいました。いい加減寝ないと、明日もっとしんどくなるぞと思って目をつむってはいるのだけれど、なかなか寝られません。

〝そうだ！　ICUに電話して絢音の様子を聞いてみようかな？「眠っていますよ」なんて答えが返ってきたら、安心して寝られるかも?!〟

そう考えた、まさにその瞬間でした。

〝ブルルルルー、ブルルルルー〟

マナーモードにしてある主人の携帯電話がなりました。夜中の1時半です。どこからかかってきた電話か、すぐに分かりました。主人が飛び起き、「はい、はい……」と神妙な面持ちで返事をしています。私は絢音の容体が急変したのだと確信し、すぐに着替え、大ちゃんを起こして用意をしました。

ICUに着くと、当直の先生が心臓マッサージをしているところでした。ここ数日、むくみ軽減のために上半身を起こしたままになっていたのに、水平に寝かせられていたので、今までに見たこともないほど、顔も腕もおなかもポンポンにむくんでいました。

先生や看護師さんが交代で心臓マッサージを続け、もう1人が口に当てた酸素パックをマッサージのリズムに合わせて圧縮し空気を送り込んでいます。みんなが「絢音ちゃ〜ん」と名前を呼び、意識の回復を願います。

モニター画面には、定期的な心拍の波が映し出されていました。心臓が動き出したのか、と期待するのですが、時々先生たちが手を止めて確認する、その作業で自発呼吸がないことが分かります。「絢音ちゃ〜ん、息してー」と叫びにも似た声かけをして、再び心臓マッサージが続きました。

私や主人は先生たちの邪魔にならない足元のほうで、足をさすったり、手を握ったりしていました。大ちゃんは間近で見るこの衝撃的な光景に、ただ驚いている様子でした。

しばらくすると、大ちゃんが寒いと言い出しました。振り向くと、今にも倒れてしまいそうな蒼白な顔をした大ちゃんがガタガタと震えて立っていました。小学6年生の子供に、こんな重い現実を突きつけて、申し訳なかったなと思いました。でも、一刻の猶予もなかった私たちは、ICU入り口のソファーで大ちゃんをひとり休ませ、絢音のベッドに戻りました。

7月21日、午前1時半に急変の知らせを受け、車を飛ばして私たちがICUに到着したのが1時40分頃。主治医の先生が駆けつけてくれたのが1時50分頃。それから点滴の管から考えられる薬を次から次へと投与して、もうこれ以上、どうしようもない、という雰囲気になった瞬間、急変からちょうど1時間が経っていました。私たちは暗黙の了解で、主人と顔を見合わせ、先生と顔を見合わせ、主人が口火を切りました。

「先生、手を止めてください。もういいです。ありがとうございました」

絢音の回復をとても楽しみにしていた主治医の先生が、「絢音ちゃんを助けてあげられなくて申し訳ありませんでした」と言ってくださいました。

〝精一杯手を尽くしたのですが〟とか〝力が及びませんでした〟という言葉を想像していた私は、とてもびっくりし、そして嬉しく思いました。先生がとても深く絢音のことを思ってくれていて、そして今は、先生自身もすごく悔しいんだろうと感じられたからです。

深々と真摯に頭を下げてくださる先生が、とても小さく見えました。絢音の治療で、ずい分先生に心労をお掛けしたのだなぁ、申し訳ないなぁと思うと同時に、手を掛けてもらって目を掛けてもらって、ありがたいなぁと思いました。

酸素バッグを外し、心臓マッサージの手を止め、先生・看護師さん・私たちみんなでモニターを見つめました。惰性で動いていたのが、少しずつゆっくりになり、やがて一直線になる――。その過程を静かに見つめ、しっかりと心に刻みました。いつの間にか大ちゃんが後ろに立っていました。みんなで絢音の最期を看取ることが出来ました。みんなで静かに泣きました。

ひとしきり悲しみの時間を過ごした後、絢音を生まれた時の姿に戻してあげることにしました。看護師さんが絢音の身体につながっていた機械や管を外し、清拭してくれている間に、私たちは車のトランクに積んだままにしてあった入院荷物に、絢音の服を取りに行きました。それは、退院時に着せようと思っていた、ゴールデンウィークに買ったばかりの新品のワンピースでした。布団代わりのバスタオルと服を持って、ICUに戻る途中、主人は、手洗い場で顔を洗いました。バシャバシャと何度も思いきりよく顔を洗って、深呼吸をしていました。

ワンピースは後ろファスナーだったので、かぶせるような形で、なんとか着せることが出来ました。大きいサイズを買ったのに、むくんだ身体のせいで、なんだか小さく、とても可愛く見えました。

「よく頑張ったね。もう痛くないよ。もう頑張らなくていいよ」

みんなで身体をなでながら話しかけました。絢音は安心して眠っているように見えました。

ＩＣＵのとある一室で、家族４人、そうやって長い時間を過ごさせてもらいました。

第5章

予期せぬ涙

予期せぬ涙

お葬式の次の日、私は自分自身の体調不良を診てもらうために、絢音のかかりつけにもなっていた近くの大学病院に行きました。

診察が終わり、薬が出来あがるのを待っている時でした。〝絢音を連れてよくここへ来たな〜。何十回と来ただろう。もう絢音はここへは来ないんだ。絢音はもういないんだ〟そう心の中で思いをめぐらせていると――

涙が頬を伝わりました。

ぽろぽろと次から次へとあふれてきます。

慟哭ではありません。

嗚咽でもありません。

私の目は、薬の出来あがりを知らせる電光掲示板の、ただ1点を見つめていただけなのに。

涙が止まりませんでした。

隣の席のおばあさんが、何事かといぶかしそうに私を見つめている気配を感じながらも、私は涙をふくこともせず、ただ漫然と泣きました。泣きたい気持ちになった訳ではなく、ボーっと座っていただけなのに、傍目には泣いているのです。
こんな涙もあるのだと知りました。

後にテレビで、この症状は『うつ』の症状だと知りました。きっと私には必要な涙だったんだと思います。

慟哭

会いたい、会いたい絢音に。
抱きしめたい、抱っこしたい、手を握りたい。
頬をなでてあげたい。

居ない、どこにも居ないよ。見えない。

どんなに目を凝らしても見えない。

幻影すら見えない。感じることができない。

夢に見ることすらできないくらいの愛だったのかと自分を責める。私は絢音をそんなにも愛してはいなかったのだろうか？

どうして絢音の姿が見えないのだろう。

どうして絢音の声が聞こえないのだろう。


目に見えるものだけが真実じゃない。そう思って、映画『パッチ・アダムス』の中にあったように、目の焦点をずらして絢音の写真を見てみる。写真の向こうに本当の絢音が見えるんじゃないかって試してみる。


もっと強く、もっと深く、絢音のことを思えば見えるかもしれないと、眼を閉じ精神を集中する。そうして、〝パッ〟と振り向く。

いつものあの場所に座って、飄々とした顔をして、こちらを見ている絢音がいるんじゃないかと期待して。

やっぱり、どうしても、絢音がいない。

絢音のいない生活が当たり前になってきている。いやだ、こんなの嫌だ。絢音と過ごした大切な7年間が色あせてくる。

幻であったような気さえしてくる。

愛している。こんなにも愛しているのに。

この愛は何なの？勘違いだったの？

寂しいというよりも、悲しいというよりも、怖いのです。絢音がこの世のどこにもいないということが。本当にいないことが。そして何より、絢音のいないこの世の中を生きて行くことが……。

絢音と一体になりたくて、私真剣に、絢音にもしものことがあったら、身体の一部を食べようと思っていました。絢音の肉体がなくなるってことが、すごくすごく怖かったのです。でも出来なかった――。

最期があまりにも痛々しくて、身体をなでてあげるので精一杯だった。最期の写真も撮りたかったけれど、出来なかった――。

絢音の身体が、存在が、とても神聖なものに思えて、そういった世俗的なことで汚したくなかった。


絢音の肉体とお別れする、最後の瞬間には「絢ちゃん、熱いけどごめんね」と声をかけました。そして次の瞬間から、今何が起こっているのか、考えないようにしました。

絢音が白いお骨になって出てきた時には、〝これは絢音じゃない〟と思うようにしました。儀式的なことがすべて終わり、家に家族３人だけとなった時、私たちは骨つぼを開けました。きれいな紙の上に大きく広げたお骨の中から、ゴミを取り除き、絢音だけを一つ一つ愛おしく拾い集めました。

見守ってくれていた人たちが贈ってくれた千羽鶴が、そのままの形で炭化し、残っているものもありました。紙なのに、燃えずに残っているという奇跡に、周りの人たちの熱い思いを感じずにはいられませんでした。

１ヶ月が経って、私は心に区切りをつけようと、再び骨つぼを開けました。愕然としました。大きく残っていた頭がい骨が粉々に砕けていたのです。絢音のお骨を食べようと、白くてきれいなものを探してみましたが、ありませんでした。お骨って、意外ともろく、汚れているんですね。汚れなき絢音のはずなのに、どうしてこんな……とショックを受けました。

またしても、絢音と一体になることはできませんでした。

そして思い知らされました。

絢音は絢音であり、私とは別の人間なんだ。絢音と一体になろうとすることは、無理なのだ。絢音の肉体がこの世のどこにもない、ということを実感しました。

骨が砕け、土に還るという自然の摂理が絢音にも当てはまるのだと感じました。

悲しみではなく、絶望が私を襲いました。

骨つぼを抱いて、息をするのも苦しかった。

このまま消えてなくなりたかった。

ガリガリにやせた身体の細さも、腹水でポンポンにふくらんだお腹も、下ぶくれになった頬の丸みも、この手が覚えているのに……。

もう触れられない。

絢音とともに歩んで

私は正直、こんなにも親ばかになるとは思っていませんでした。成長しない絢音に苛立ちを覚えたこともあったくらいだから、絢音のことを正当に評価できない悪い母親だと思っていました。でも今、思い返してみると、絢音の良いところしか思い浮かびません。

病気や障害なんか何の問題にもならない。

私なんかよりも、もっともっと尊敬に値する大きな人間でした。

いつも笑顔を忘れず、周りのみんなに微笑みかけて、こちらを幸せな気分にしてくれました。とっても頑張り屋さんで、泣きごとを言わず、諦めるということもありませんでした。

ＩＣＵの中でたくさんの管でつながれて、呼吸をするのも起き上がるのも、眠ることでさえ、絢音にとっては容易なことではありませんでした。

私は、絢音が自分で死という選択をすることもできない事実に悲しくなりました。こんなに苦しい思いまでして、どうして生かされているのかと、自分のこととして考えたら、とても息が苦しくて切なくなりました。

生きるということは、死ぬということと同じくらい、難しいと感じました。

それでも絢音は生に対して、ものすごく貪欲でした。まっすぐにひたむきに、ただ「生きたい」という本能なのか、生への執着のエネルギーを感じました。

絢音の生き様は『ただ生きたい』というシンプルなものでした。

病気に翻弄された、残酷な運命をも、ありのままにすべて受け入れるしかなくて、逃げることもできず、生きたいというあるがままの本当の思いに忠実に、精一杯頑張って生きた絢音を私は尊敬します。

絢音の生きたいという強い思いを身近で感じて、私は〝生きなくちゃならない〟と思いました。〝私は生きていく〟絢音にそう約束しました。さいごのその日まで。

これからの私

私の理想とする生き方は「凛として」、「しなやかに」生きるです。

そして今回、絢音との2年間に及ぶ闘病生活、正確には死を覚悟した毎日の中で、学んだこととして、「あるがままに生きる」ということがあります。

そうなりたいと、そうありたいと、努力はするのだけれど、そのなんと難しいことか。

どんなに苦しい状況にあっても、逃げないのです。受容するのです。それはとても難しいことでした。自分に自信がないとできません。確固たる信念もないとできません。責任も背負わなければなりません。

逃げ出したい。何もかもどうなってもいい。そう思うことが度々あります。それでも前に進まなければなりません。心の弱い私は、強くなりたいとずっと思っていました。今でもそう思っています。

凛として生きるのも、

しなやかに生きるのも、

あるがままに生きるのも、強くないと出来ません。これからも努力していこうと思います。何をどう努力すればいいのか分からないけれど、時々こうして自分の心と向き合うことが大切かなと思います。

あれから長い年月が過ぎ、絢音の生きていた7年よりも絢音のいない時間の方が長くなりました。今、こうして心穏やかに暮らしていけるのは、家族や友人、見守ってくださっている方々のお陰です。

私はいつも、心に絢音がいると思っています。絢音の分も人生を楽しまなくっちゃ！と思い、子供の頃は母の後ろにいつも隠れていた私が、積極的になりました。

何かを見に行ったり、体験したりするたびに、絢音に話しかけます。「絢音も楽しんでる？　地球はこんなにも美しいんだよ。こんなにも楽しいことがあるんだよ。早く生まれ変わって、楽しく元気な人生を送ってね」

お兄ちゃんの大ちゃんは、とても優しい子でした。絢音が亡くなった後、私の精神が不安定だったので、大ちゃんの悲しみやつらさに寄り添ってあげることが出来ませんでした。申し訳なかったと反省しています。大ちゃんも泣きたいことがあっただろうに、泣けない状態にしてしまいました。

そして中学生になり、不登校になりました。

この時、私と大ちゃんを救ってくれたのは、万博の「愛・地球博」でした。賛否両論あるとは思いますが、学校に無理に、頑張らせてまで行かなくてもいいと思いました。学校に通わなかった日には、万博に行きました。いろんな国のパビリオンをめぐって、楽しい体験をたくさんしました。大ちゃんに視野を広く持って欲しかった。

大ちゃんのエピソードをもうひとつ。5歳くらいだったかな？　大きくなったら何になりたい？　という質問に、「おもちゃ屋さん」と答えたから、おもちゃに囲まれて働く、おもちゃ屋さんの店員になりたいのだ、と私は思いました。

でも本当は、「絢音は僕のお古ばかりだから、僕が絢音のためにおもちゃを作ってあげる」という理由だったのです。夢を叶えたのか、偶然なのか、大ちゃんは今、ゲーム業界で働いています。大ちゃんも私の自慢の息子です。

主人とは、30代〜40代にはたくさんケンカもしたけれど、やっぱり、いざという時に支えてくれたので、感謝の言葉をなるべくかけるようにしています。何事にも、感謝の気持ちを大事にすると、幸せをよく感じられるようになりますね。このまま老後ものんびり２人で楽しく生きられたらいいなぁと思います。

あーごめんなさい。格好よく書き過ぎました。自分をよく見せようと、見栄を張りました。

本当はもっと楽に生きたい。のほほ〜んと、お気楽に生きたい。ポカポカ陽気の日の午後は、大好きな紅茶を飲みながら、絢音と一緒に机にあごを乗っけて、まったりと過ごすのが好きだった。そんな時間を大切にしたい。

すてきに歳を重ねられるよう、努力していきたい気持ちも嘘じゃない。

私は私を生きる。今を生きる。時々立ち止まるし、後ろも振り向く。落ち着いたらまた前を向いて歩いていく。おそらく、多くのことがなるようになるし、なんとかなる。

だから毎日を楽しまなくちゃ！

だから人生を楽しまなくちゃ！

ものすごい困難にぶつかった時には……。

深呼吸して……自分の運命と向き合うかな～。

きっと。うん、そうありたい。

あとがき

〝本を出版する〟ということは〝第3者にメッセージを伝える〟というふうに見えるかもしれませんが、実はこの本は〝私から私へのメッセージ〟だと思うのです。

本を書くことで絢音と向き合い、過去と向き合い、そして自分と向き合い、〝今〟を知るのです。

今を知らないと〝未来〟を知ることは出来ませんから。心を整理整頓することが〝書く〟という作業であり、未来への第一歩を踏み出す上で、必要だったのだなと思います。

自分への応援歌のつもりで書いたこの本が、お読みいただいた皆様の、共感するところとなり、また少しばかりの応援歌となれれば、とても嬉しく思います。

このような機会を与えてくださった、編集に携わってくださったすべての方々に、心より深くお礼申し上げます。

彼女《かのじょ》の運命《うんめい》　わたしの使命《しめい》

2023年3月20日　第1刷発行

著　者　　井清睦代
発行人　　久保田貴幸

発行元　　株式会社 幻冬舎メディアコンサルティング
〒151-0051　東京都渋谷区千駄ヶ谷4-9-7
電話　03-5411-6440（編集）

発売元　　株式会社 幻冬舎
〒151-0051　東京都渋谷区千駄ヶ谷4-9-7
電話　03-5411-6222（営業）

印刷・製本　中央精版印刷株式会社
装　丁　　野口萌

検印廃止

Printed in Japan
ISBN 978-4-344-94431-2 C0095
幻冬舎メディアコンサルティングＨＰ
https://www.gentosha-mc.com/